말 못하는 사람

말 못하는 사람

성석제
산문집

문학동네

3부 바라봄

4부 내가 만난 사람

1부

기억

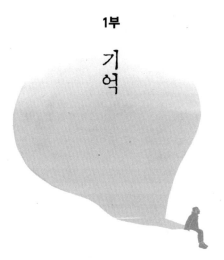

개구멍 속의 기차

좋은 친구를 둔 덕분으로 나는 이런 경험을 해보았다.

사람들이 번잡하게 오가는 골목. 대부분 점심때까지 잠을 자는 잠꾸러기 아가씨들을 찾아오는 사내들과 아가씨들에게 갖가지 물건을 파는 장사치들이다. 간밤에 누군가 쏟아낸 토사물이 곳곳에 널려 있고 허름한 이층짜리 가건물 옥상에는 원색 속옷들이 나부낀다. 개구멍은 이처럼 성과 속이 교차하는 세상의 어느 한구석에 절묘하게 숨어 있다. 또한 개구멍은 아는 자만이 안다는 수줍은 특성을 가지고 있다. 자주 안 가면 잊어버린다는 점에서, 언젠가는 그 개구멍을 드나들던 존재가 환골탈태하여 개구멍의 추억을 개구멍처럼 제 속에 가지고 산다는 점에서 개구멍은 진정 개구멍이다. 개가 드나드는 구멍이 개구멍이고 구멍 중에 좀 격이 떨어지는 구멍이 개구멍이다. 그렇다. 개구멍은 어떤 용도를 가지고 있으며 원래 있었던 것이 아니라 인위적으로 뚫었다는 목적 때문에 그냥 존재하는 구멍보다 열등하다.

하여튼 나는 좋은 친구를 둔 덕분으로 개구멍들을 알게 됐다. 기차역 주변의 온갖 색스러운 풍경들을 오로지 피 끓는 젊음으로, 맨주먹 붉은 피로 '카바'하면서 가긴 갔다. 개구멍은 허술한 철조망 사이로 나 있기도 하고 철도원 전용 식당에 나무문으로 천연스럽게 뚫려 있기도 하고 정말 개처럼 몸을 구부려 살살 기어나가야 되는 개구멍 그 자체의 성질을 가장 잘 살린 구멍으로 나 있을 때도 있다. 그중에서 나를 가장 만족시키는 것은 바로 개똥과 입을 맞출락 말락 하며 기어 들어가야 하는 그 개구멍이다. 그 개구멍을 지나면 힘차고 화려한, 무한으로 가는 세계가 열린다. 기차를 탈 수 있는 것이다.

좋은 친구는 내게 기차 안에서 승무원에게 적발되지 않는 방법도 가르쳐주었다. 첫째는 승무원을 만나지 않는 방법이다. 승무원이 올 낌새가 보이면 화장실에 가서 죽치거나(고전적 수법), 아니면 화물을 얹는 시렁에 올라가서 화물 옆에 몸을 숨기거나(양상군자와 투명인간의 중간 수법), 또 그도 아니면 기차 맨 뒤칸의 문을 열고 지붕 위로 올라가는 방법(할리우드 영화적 수법)이 있다. 능력이 있다면 연결 통로를 파고들어가 기차 바퀴 옆에 몸을 숨길 수도 있겠다(광부와 서커스단의 응용 수법). 두번째는 기차표, 혹은 그와 유사한 증서를 가지고 있으면 된다. 기차표를 가지고 있는데 뭐하러 개구멍을 이용하느냐고? 버릇이라고 하자. 개구멍을 이용하지 않으면, 그곳을 통해 들어가 환희처럼 열리는 진정한 기차의 세계를 맛보지 않으면 기차를 아무리 타도 탄 것 같지 않은데 어쩌랴. 기차표와 비슷한 증서에는 어떤 것이 있을까. 내가 아는 바로는 철도공무원 또는 그의 가족이라는 증명서 내지는 사진이 박혀 있는 '쫑證'이다. 내 좋은 친구는 얼굴이 나와 많이 닮았다. 내 취미, 취향을 위해 사진을 찍을 때 닮아주었는지도 모르겠다. 그래서 사진만으로는 우리 두 사람이 거의 분간이 안 된다는 이야기를 들었다(여러분, 바로 이게 친구다. 이런 친구 하나 없는 친구는 불행한 친구로, 친구로 삼으면 안 될 친구다). 적발이 되지 않는 마지막 방법은 이래도 저래도 안 될 것 같으면 기차에서 뛰어내리는 것이다. 나는 이제까지 두 번 그렇게 했다.

기차역에서 멀어지면 개구멍은 더이상 필요가 없다. 철로변 아무데로나 빠져나가면 되는데 조심할 것은 "철로를 무단횡단하다 적발되면 20만원의 벌과금을 받을 수도 있습니다"라는 팻말이다. 내용을 조심하라는 게 아니라 그걸 보고 비웃다가 철로에 걸려 넘어지지 말라는 말이다.

그렇게 해서 나는 세상의 모든 곳을 다 가보았다. 경부, 경의, 경원, 호남, 중앙선이 서울에서 출발하는 대동맥이라면 장항, 경북, 충북, 전라, 태백, 동해남부선 등등은 동맥이다. 그리고 무수한 모세혈관들이 있다. 혈관 속에는 피가 있다. 피 속에는 적혈구, 백혈구가, 혈장이, 림프액이 소용돌이친다. 연기가 피어오르는 아침, 플랫폼으로 달려나가 체조를 해야 직성이 풀리는 사람들, 단조롭고 규칙적인 소음, 기차가 흔들릴 때마다 일제히 흔들리며 단체로 졸고 있는 밤기차 안 사람들, 철로변의 함초롬한 코스모스, 구릿빛 자갈, 철로 위에서 치킨 게임을 하는 아이들, 우동, 호두과자, 김밥, 사이다, 삶은 달걀, 맥주, 술 취해 우는 군인, 낙망한 광부, 새하얀 칼라의 여학생, 강변의 도토리 같은 마을, 산허리의 수건 쓴 아낙네 같은 동네를 나는 만났다. 화투장의 오광, 자석 바둑판의 대마大馬도. 그중 어떤 것은 포탄 파편처럼 내 몸 어딘가에 숨어 있다가 때가 되면 나를 들쑤신다. 기차에 대해서는 각자의 추억이 있을 것이다. 내 게 최고인 양 떠벌리는 짓은 하지 말자. 진실은 말할 수 있다. 모든 기차역에는 개구멍이 있다. 개찰구가 있으면 개구멍도 있다.

그후에 나는 이틀씩 걸리는 중국의 열차도 탔고 일본에서 4박 5일 동안 신물이 나게 기차를 타고 내리는 경험도 했다. 나아가 일주일이 걸린다는 시베리아 횡단열차를 탈 생각도 하고 있다. 그러고 보면 나는 여전히 개구멍 속의 세상에 살고 있나보다.

기차가 서면 다른 승객처럼 기차에서 내린다. 불빛이 환한 개찰구로 가는 사람들과는 반대 방향으로 간다. 플랫폼이 끊어지고 안개의 꽃다발이 목에 걸리면 투신하듯 철로 위로 뛰어내린다. 어디선가 들려오는 날카로운 호각 소리를 들으며 천천히 걸어서(절대로 뛰면 안 된다) 원래 들어왔던 개구멍을 찾아간다. 개구멍 속에 다시 고개를 들이밀면서 갑자기 눈물이 날 것 같은 격렬한 느낌에 사로잡혀 개구멍 속에 몸을 걸친 채 한동안 가만히 누워 있었던 적이 있다. 이승을 떠날 때의 느낌이 그럴까. 아직은 잘 모르겠다.

나의 산타클로스

내가 초등학교에 다니는 꼬마였을 때, 매년 성탄이 가까워지면 성당 안 제단을 둘러싸고 작은 숲이 만들어졌다. 성당의 청년부 형과 누나들이 산에서 날라온 크리스마스트리를 장식한다. 솜도 달고 별도 달지만 제일 중요한 것은 작은 꼬마전구를 줄줄이 매단 전선을 성탄목에 보기 좋게 휘감는 일이다. 꼬마전구가 많이 켜질수록 성탄이 가까워졌다는 뜻이 된다.

새벽에 별을 보며 집을 나서서 눈길에 꽁꽁 언 발을 하고 첫 미사에 참례할 때 그전 주일보다 더 많이, 더 황홀하게 반짝이는 성탄목을 보면 절로 목이 메곤 했다. 목멜 것까지야 있겠느냐고 할지도 모르나 시골하고도 시골인 우리 동네에는 내가 초등학교를 졸업하기 조금 전에야 전깃불이 들어왔던 것이다. 성탄 전야 자정미사 때에는 성탄목에 달린 모든 불이 한꺼번에 켜진다. 어둡고 추운 길을 걸어온 시골 아이들은 성당 안에 들어서면서 복숭아나무처럼, 살구나무처럼 환히 꽃핀 성탄목을 보고는 일제히 목이 멘다. 막 태어난 아기 예수가 마리아에게 안겨 있는 구유에도 어김없이 작은 불이 반짝거린다.

그 앞에서 무릎을 꿇으며 다시 목이 멘다. 글로오오오오리아 하고 노래하는 성가대의 아름다운 합창에 다시 목이 멘다. 도시의 아이들은 따뜻한 방안에서 침대 머리맡에 산타클로스가 선물을 넣어주고 갈 양말을 매다는지, 굴뚝을 청소하는지 모를 일이지만 시골 아이들은 목이 메느라 정신이 없다. 목멤, 그게 시골 아이들에게 주는 산타클로스의 선물인지도 모른다.

그러나 나는 시골 아이인데도 진짜로 선물을 주는 산타클로스가 있었다. 그분은 나의 대부代父였다. 내가 사는 동네보다 더 시골인, 저수지를 하나 지나가야 하는 동네에 사는 그분의 성은 잊었다. 이름은 원래 몰랐다. 본명은 나자로였다. 성경 속의 나자로처럼, 그는 새로 살아난 사람처럼 보였다. 그는 무슨 큰병을 앓다가 살아났는지는 몰라도 몸이 불편했다. 자전거를 탈 수도 없었다. 그러면서도 누구보다도 더 열심히, 누구보다 먼길을 걸어 성당에 다녔다. 그는 성당에 다니는 신자 가운데 가장 가난한 사람이었을 것이고 불구자였는데도 나의 대부였다. 나는 그게 부끄러웠다. 나는 어쩌면 그의 유일한 대자였는지도 모른다. 나는 그게 원망스럽기까지 했다.

자정미사가 끝나면 풍성한 잔치가 벌어진다. 축복과 선물이 오가고 평소에는 구경하기도 힘든 맛있는 음식이 나오고 노래자랑 대회가 열린다. 이윽고 잔치는 끝난다. 별이 성탄목의 꼬마전구처럼 반짝이는 하늘 아래를 걸어 집으로 돌아온다. 아이들은 집에 들어오자마자 잠에 빠져든다. 그러나 나는 잠들지 못한다. 성탄 전야에 산타클로스가 찾아오기 때문이다. 그는 나의 대부, 나자로다.

나자로는 몸이 불편한 까닭에 다른 사람보다 걸음이 늦다. 그는 개가 컹컹 짖는 소리를 들으며 쭈뼛쭈뼛 대문을 들어서서 아버지를 부른다. 아버지는 으레 오실 줄 알았다는 듯이 방문을 열고 그를 맞아들인다. 나는 자는 체하고 있다. 아버지가 나를 부른다. 대부님이 오셨으니 인사를 하라고.

그러나 나는 곤히 잠들어 도저히 일어날 수 없는 체한다. 그러면 나의 대부는 떠듬떠듬 괜찮다, 깨울 것 없다고 아버지를 만류한다. 아버지는 더 큰 소리로 나를 깨운다. 나는 억지로 일어나 눈을 비비며 앉는다. 나자로는 말없이 내 머리를 한번 쓰다듬고 손에 쥐고 온 선물을 내민다. 나는 건성으로 고맙습니다, 한 다음 포장을 뜯어보지도 않고 다시 이불에 파고든다. 하지만 나는 이불 속에서 나자로가 언제 가나 귀를 기울이고 있다. 나자로는 어머니가 내온 차를 마시는 동안 한마디 말도 없다. 침묵 속에서 시간이 지나고 이윽고 나자로는 일어선다. 밤늦게 폐가 많았습니다. 아니요, 이렇게 우리 아이를 생각해주시니 감사할 뿐이지요. 밤길인데 괜찮으시겠습니까. 그럼요. 늘 다니는 길인데요. 나는 밤이면 물귀신이 나온다는 저수지 옆을 비척비척 걸어갈 그를 상상하고는 좀 안됐다는 생각도 한다. 하지만 졸립다. 스르르 잠이 든다.

다음날 아침, 산타클로스가 주고 간 선물을 뜯어본다. '송곳 연필'이라고 불리는 질 나쁜 연필 한 통. 그 연필로는 글씨가 잘 써지지 않는다. 공책이 자꾸 찢어진다. 내가 전기도 안 들어오는 시골 마을에서 산타클로스로부터 선물을 받은 유일한 아이지만 아무도 나를 부러워하지 않는다. 그것도 화가 난다. 기왕 선물을 하려거든 왕자 그림이든 공책 열 권에 낙타가 그려진 고급 연필 스무 통을 하면 좋잖아. 나는 그 선물이 나의 산타클로스가 마련할 수 있는 최상의 선물임을, 아니 그 이상임을 왜 그때에는 몰랐을까.

나의 산타클로스, 나자로, 나의 대부는 내가 스무 살 무렵에 돌아가셨다. 어른이 되면 누구나 산타클로스 이야기가 꾸며진 이야기라는 것을 안다. 그러나 나는 산타클로스가 진짜 있다고, 최소한 나의 산타클로스는 있었다고 말한다. 성탄이 다가오면 나는 이따금 그를 생각한다. 그럴 때면 어린 시절, 환히 전깃불이 들어온 성탄목을 볼 때처럼 목이 메어오곤 한다. 그 목멤을 나는 그의 선물이라고 여긴다.

아버지가방에들어가신다

누가 내 귀에 대고 가만히 가방, 하고 속삭인 뒤에 무엇이 생각나느 냐고 묻는다면 나는 즉시 장가방이라고 대답할 것이다. 장가방은 성 이 세상에서 두번째로 많다는 중국의 '장張'씨(張三李四라 했으니)가 아니고 'Jean'쯤일 것이다. 내가 좋아하던 플루티스트 고故 장 피에르 랑팔Jean-pierre Rampal의 그 '장'이니까 한글로 소리나는 대로 표기하자 면 '쟝'일 수도 '잔'일 수도 있겠다. 영어식의 '진'은 아닐 것이다. 프 랑스 배우니까. 장가방에 대응되는 한국의 배우로는 고 허장강씨가 생각나는데 생각난 기념으로 그의 명대사 한마디를 써보고 싶다. "김 마담! 이번 일만 잘되면 다이아 반지 문제없어!" 이것만으로는 좀 허 전하니 하나 더. "김마담, 우리 심심한데 뽀뽀나 한번 할까?"

내가 장 피에르 랑팔을 듣던 시절이니 나이로 치면 스물두셋쯤 되 었겠다. 길거리 전파사 스피커에서 게오르기 장피르의 팬플루트 소리도 들려오던 시절이었다(장피르는 Zamfir이다). 어느 날 경복궁 맞은편에 있는 불란서문화원이라는 곳에 불란서 영화를 보러 가게 되었다. 소극장 비슷한 규모에 분위기도 가족적이었는데 영화 자막은 영어였다. 여기에 주로 출입하는 사람들은 불란서 문화광이거나 영화 전공자거나 불어깨나 할 것처럼 보이는 여학생에 여학생을 따라다니는 남학생이었다. 이 남학생의 정체를 조금 더 밝히자면 어떻게든 여학생의 마음을 사로잡기 위해 좋아하지도 않고 잘 알지도 못하는 불란서 영화를, 알아보기도 힘든 영어 자막으로 보면서 남모르게 한숨을 내쉬곤 하는 가여운 인간이다. 내가 어떻게 이 인간의 정체를 이토록 잘 아는고 하니 내가 바로 그런 인간 중의 하나였기 때문이다. 내가 처음 갔던 날 상영된 영화는 두 편이었는데 그중 하나가 가방의 거두, 장가방 선생이 나오는 〈농부〉였다(영어 자막으로는 'The Farmer'였다고 확신하지만 단정지을 수는 없다).

프랑스의 전형적인 농촌에 농장이 하나 있다. 농장 규모가 워낙 커서 온 식구가 일에 매달려야 하다보니 자식들은 나이가 차 결혼을 하고서도 분가를 하지 못하고 큰 집에서 함께 살았다. 매일 아침 스무명 가까운 식구가 식탁 앞에 모여 앉아 식사를 한다. 그 집안의 가주가 바로 장선생이었다. 장가방 선생은 창조주에 대한 경건한 신앙, 땅에 대한 경외심, 삶에 대한 엄숙하고 진지한 태도 외에도 대단히 강력한 철권을 가지고 식구들을 지배했다. 식구들은 그의 강력한 통치 아래 숨도 제대로 쉬지 못했지만 스무 살 남짓한 청년인 막내아들만은 예외로 아버지의 감시가 소홀한 틈을 타서 도시로 가출할 궁리를 하고 있었다.

어떻든 장선생의 영도 속에 겉보기에는 평온하게 유지되던 농장에 막내가 외부의 발길을 끌어들임으로써 엄청난 분란이 일어난다. 막내는 마약 조직에서 건네받은 마약을 농장 안에 감추는데 장선생이 이를 적발하여 한 가방은 좋이 될 '공포의 백색 가루'를 물에 던져버린 것이다. 세상에서 가장 강력한 마약 조직의 일단이 농장에 들이닥치자 장선생의 지휘 아래 온 식구가 일사불란하게 뭉쳐 결전을 벌인다. 결국 지리적인 이점을 살린 식구들이 갱단을 섬멸하고 가족을 위해서라면 무슨 일이라도 불사하는 아버지 장가방 앞에서 식구들은 피는 물보다 진하다는 것을 눈물을 흘리며 확인한다. 훌륭한 영화였다. 문제는 내가 영화에 빠져 여학생의 손을 잡아보지 못했다는 것이지만 나는 이처럼 훌륭한 영화를 보러 다니노라면 기회는 곧 또 올 것이라고 믿어 의심치 않았다. 그러나 나는 다시는 불란서문화원에 가지 못했다. 따라서 그 여학생의 손을 한 번도 잡아보지 못했다. 그뒤로 텔레비전에서 장가방 선생이 나오는 영화를 볼 때면 불란서문화원을 떠올리기는 했다.

내 아버지는 〈농부〉의 장선생과 달리 전업 농부가 아니었고 독재자도 아니었지만 내게 진짜 가방을 물려주셨다. 초등학교 2학년 때 아버지가 내게 학교에 가지고 가라고 준 가방은 그 당시 도시에서는 '채권 가방'으로 불리던 튼튼한 쇠가죽 가방이었다. 채권을 모르는 내가 채권 가방을 가지고 다니는 건 어울리지 않았고 아홉 살짜리가 들고 다니기에는 가방 자체가 너무 무거웠다. 그렇다고 거기에 마약 밀매 조직의 자금이나 마약 같은 모험이 들어 있었던 것도 아니었다. 나는 도무지 그놈의 가방이 마음에 들지 않았다. 학교에서는 가방을 본

선생님들마다 그 가방 참 좋다고 입맛을 다셔대는 것이어서 그 가방을 지키느라고 늘 노심초사해야 했다. 이럴 바엔 차라리 책보를 싸들고 다니는 게 나을 것 같았다. 그래서 나는 그 가방을 잃어버리기로 했다. 어느 날 학교에서 집으로 오는 산길에서 나는 아카시아숲에 가방을 놓고 꽃을 따먹으러 다니다가 그만 그 가방을 잃어버렸다. 그런데 그날 저녁 이웃 동네에 사는 친구의 형이 그 가방을 가져다주는 게 아닌가. 형만 아니었으면 어두운 데로 끌고 가서 한 대 쥐어박고 싶은 심정이었다. 그뒤에 나는 그 가방을 닳아 떨어뜨리기로 했다. 물론 열 살도 안 된 아이가 세상에 나온 지 십오 년은 되었을 쇠가죽 가방을 닳아 떨어뜨리는 일은 불가능하다는 것을, 가방을 바위에 문대기 시작한 지 십오 분도 안 되어 깨달았다. 깨달은 뒤에는 연필 깎는 칼로 가방에 흠집을 냈다. 그조차 쉽지 않아 오히려 내 손가락이 잘릴 뻔했다. 결국 그 가방은 제가 있고 싶을 때까지 내 곁에 있다가 어느 날 홀연히 떠나갔다.

그 가방을 들고 다니던 시절의 사진이 나에게 남아 있다. 시멘트 다리 위에 건장한 이십대 청년이 두 아이를 양쪽에 세워놓고 눈을 찡그리고 사진기를 바라보고 있다. 두 아이는 청년이 시킨 대로 어깨를 걸고 있는데 햇볕에 탄 얼굴은 촌스럽고 무엇이 못마땅한 표정이다. 그 인상을 번역한다면 '이 아름답지 못한 세상을 아홉 살인 체하면서 살아주고 있느라 고생스럽다'는 자의식쯤 될까. 왼쪽에 있는 아이가 들고 있는 가방이 바로 그 채권 가방, 채권 없는 채권 가방이다. 그 사진을 공개하지 못하는 것이 유감이다. 공개하면 내가 지금까지 진실을 말해왔다는 게 탄로나고 말 터이니.

열다섯 살 때 서울에 있는 중학교로 전학을 오자마자 나는 내 짝으로부터 똑떨어지는 표준말로 '아버지가방에들어가신다'는 말의 의미를 아느냐는 질문을 받았다. 그 녀석은 그 문장으로 내가 문맹인지 아닌지 시험한 것 같다. 그때 나는 문득 어린 시절의 채권 가방을 떠올렸다. 그리고 그 우습지도 않은 문제의 정답은 '아버지, 가방에 들어가신다'라고 생각했다. 물론 소리내어 말하지는 않았다. 바보가 아니었으므로. 몹시 헛갈린다는 표정으로 웃어주었다.

아버지가 가방에 들어가시면 아들들은 밖에서 지퍼를 닫아버린다. 이로써 아버지는 아버지로 정형화되고 운반과 가공이 가능해지며 아들들은 언제나 승리자가 되는 것이다. 그런데 내가 지금 아버지가 되고 보니 아버지는 아들에게 가방에 들어가주는 척하는 존재인 것 같다. 그럴 때 뒤돌아보지 말아야 하는데. 알고 있다고, 알지만 그렇게 한다고 잘난 척하지 말아야 하는데, 내 아버지가 그랬듯이.

사족: 지금 찾아보니 장가방은 불란서식으로 읽으면 장 가뱅(Jean Gabin, 1904~1976)이다. 내가 장가방의 이름을 처음 들었던 1960년대부터 1980년대까지 장 가뱅을 장 가뱅이라고 말한 사람은 없었다.

희추의 추억

경북 북부의 어느 지방을 지나가다가 길 옆 식당에 붙어 있는 간판을 보았다. '희추 가는 날'. 언제부터인가 도시 교외 대로변의 식당 이름 뒤에 '가든'이라는 정체 불명의 외래어가 따라붙기 시작하더니 이제는 좀 번듯하게 지었다 하면 무조건 가든인데 '희추 가는 날'이라. 작명 의도가 무엇인지 언뜻 짐작이 가지 않았다.

논밭에 김매는 일이 끝나 한숨 돌릴 무렵의 여름날 어느 하루에, 내가 태어나 살던 마을에서는 아낙네들끼리 사십 리가량 떨어진 낙동강으로 놀러가는 일이 있었다. 새벽 네시에 일어난 할머니는 전날 준비한 음식 보따리를 한 손에 들고 한 손으로는 아직 눈곱이 떨어지지 않은 손자의 손을 붙들고 소리 없이 대문을 나선다. 푸르스름한 박명 속에 머리에 광주리를 이거나 주전자를 든 아낙네들이 동구의 늙은 팽나무 아래로 모여든다. 출석을 부를 것도 없이 사람들이 온 것을 대충 확인하고 일행은 강을 향해 걷기 시작한다. 버스가 다니지 않던 시절이었고 다녔다 해도 그 시간에 올 버스는 없었다. 광주리를 머리에 이고 자유로운 두 팔을 휘저으며 줄을 지어 희뿌옇게 밝아오는 여름 들판을 걸어가는 여인들의 모습은 어느 사진에도 나와 있지 않고 어떤 기록에서도 보지 못했다. 십 리에 한 시간, 사십 리면 네 시간이 걸리니 여름 아침 부지런한 해가 불끈 솟아 반공에 걸린 아홉시 무렵에 낙동강에 도착한다. 이미 아낙네들의 삼베 적삼 치마가 후줄근히 땀에 젖었다. 소년의 손에 쥐어진 할머니의 손수건에서도 땀이 뚝뚝 떨어진다.

시퍼런 물살이 맴을 도는 곳 바로 위의 절벽에서 소년은 머리끝이 쭈뼛해진다. 금방이라도 푸른 용이 날아올라 자신의 목덜미를 낚아채 물속으로 돌아갈 것 같다. 젊고 늙은 아낙들은 시원한 소나무 그늘에 자리를 잡은 뒤 익숙한 솜씨로 각자 마련해온 음식을 차린다. 보리밥에 된장, 밭에서 따온 고추며 겉절이, 마른 멸치와 마늘, 그리고 고추장. 특별한 음식이라야 돼지고기 볶음에 감주 정도일까. 소년은 어른들 틈에서 먹던 그 음식들의 짜고 미지근하고 매운맛을 성년이 된 지금도 잊지 못한다.

어느새 점심 무렵이 되어 그늘에 둘러앉은 여인 중에 노래를 잘 부르는 이가 노래를 부르기 시작한다. "노세 노세 젊어서 노세 늙어지면 못 노느니 화무는 십일홍이요 달도 차면 기우나니라" "아니, 아니 노지는 못하리라" 그런데 이런 노래가 어째서 소년에게 슬프게 느껴졌을까.

신라 시절 여인들이 한여름 한 달 동안 두 편으로 나뉘어 길쌈을 하고 난 뒤에 팔월 보름에 길쌈한 피륙을 심사하여 이긴 편에게 진 편이 음식을 대접하는 자리에서 진 편의 여자가 일어나 춤추며 "회소會蘇 회소" 하고 부른 노래가 이랬을까. 그 신라 여인들의 후예인 여인들 사이에서 청일점인 소년은 가만가만 그 노래를 따라 부르며 달콤한 슬픔의 맛을 미리 보았다. 이것이 소년이 알고 있는 희추며 희추 가는 날의 정경이다.

희추와 비슷한 것에 계추가 있었다. 계추는 한 달에 한 번씩 겟날 계원들이 모여 즐기는 일을 일컫는다. 희추는 계원이 아닌 마을공동체의 사람이 참석할 수 있다는 게 다르다. 계추는 계契와 '모인다, 무리'의 의미의 취聚에서 변형이 된 말로 짐작해본다. 우리 옛적 불교의 승려 결사 당취黨聚에서 땡추, 땡초가 나온 것처럼. 마찬가지로 희추는 희와 취의 조합이라고 본다. 그렇다면 희는 무엇인가. 즐겁다의 희喜? 그렇게 생각하기 쉽고 나 역시 그렇게 생각하려는 참에 옆에 타고 있던 동행이 자신이 자란 경남 어디에서 그 비슷한 것으로 '회차會次(모꼬지)'라는 게 있었다고 말했다. 오라, 회차에서 희추가? 그런데 자음은 통한다 해도 모음의 음운변화가 일어나기가 어렵겠는걸? 그는 그런 건 중요하지 않다고 했다. 하긴 나도 그렇다.

그 여름 새벽 푸른 공기를 가르며 걷던 삼베 적삼 치마의 여인들, 그들의 손에 이끌려 가는 소년의 영상이면 족하다. 나의, 우리의 생에 다시 없을 아름답고 간명한 피서였다.

추억이 곧 피서지다. 우리 아이들은 내 나이에 뭘 추억할까.

길이네 점방

내가 태어난 마을 앞을 흐르는 냇가 너머 신작로 첫번째 집에는
'길'이란 아이가 살았는데 나보다 두어 살 많은 길이와 길이의 부모와
동생이 사는 길이네 집을 사람들은 '점방店房'이라고 불렀다. 당연히
그 점방은 이승에서 내가 목도하고 들른 모든 점방의 '원조'가 되었
다. 이 '원조 점방'은 길이의 이름을 따서 '길이네 점방'으로 불렸다.
길이네 점방은 당대 산업의 화신인 제사 공장 굴뚝, 소방서 망루, 성
당의 종탑이 우뚝 솟은 읍내로 가는 길목에 있었다. 읍에서 도도히 흘
러오는 산업문명과, 전통의 씨앗을 온존하며 웅크리고 있는 농경문화
의 중간에서 제 사명을 다하고 있었다.

길이네 점방은 격자무늬 창살에 유리가 박힌 문을 옆으로 열고 들
어가게 되어 있었다. 그때만 해도 우리 동네에서 유리는 흔한 물건이
아니었다. 가령 동네에서 제일 문명화된 축에 들어가는 우리집에도

내가 열 살 되던 해, 그러니까 1969년까지 거울이나 시계, 안경의 유리 말고 '투명한 창호지'의 역할을 하는 유리는 없었다. 내가 열 살에서 열한 살로 넘어가던 그 겨울에야 할아버지가 어디서 조각난 유리를 보물이라도 되는 양 구해 왔다. 곧 유리를 창호지 사이에 끼우고 풀을 발라 붙여서 문을 열지 않고도 밖에 누가 왔는지 알 수 있도록 했다. 그런데 길이네 점방은 내가 학교에 들어가기도 전에 유리가 문 전체 면적의 삼분의 일쯤을 차지할 정도로 현대화, 아니 첨단화되어 있었던 것이다. 나는 우리집 방문에 유리 조각이 도입된 이후 길이네 점방 문을 더욱 존경하게 되었다. 그래서 파랗고 작은 일원짜리 지전, 갈색 나는 십원짜리 지전, 새하얗게 빛나던 일원짜리 동전과 '오십환'이라는 글자가 적힌 오원짜리 동전을 쥐고 길이네 점방 문 앞까지 갔다가도 그 문을 열고 안으로 들어가기가 그토록 어려웠다. 그건 문이면서 동시에 수문장이었다. 그 문 앞에 한동안 부동자세로 서 있다가 결국 땀에 전 돈을 손에 쥔 채 돌아서던 기억이 분명히 있다.

 내가 길이네 점방에 갈 때마다 점방 안팎에 길이가 있었다. 길이는 길이네 점방이 자리한 신작로처럼 말쑥했고 이따금 그 신작로를 달려가는 자동차처럼 활기가 있었다. 길이가 특별히 나를 두고 뭐라고 한 적이 없고 어쩌면 나라는 존재를 잘 몰랐는지도 모르지만 나는 길이를 볼 때마다 주눅이 들었다. 길이는 정말 신작로 위의 궁성 같은 점방의 왕자였다. 길이를 옹위하고 있는 늘씬하고 늠름한 공산품, 이를테면 고무줄(검정, 노랑 두 종류가 있었는데 검정 고무줄은 누나들의 내복 허리와 장독 덮는 헝겊에 넣었고 노란 고무줄은 아기 기저귀에 사용했다), 성냥(당시 경상북도 북부 지방에서는 장고를 치는 여인이 그려진 아리랑 성냥이 대종을 차지했다), 핀(옷핀과 머리핀), 잠기장, 볼펜, 주머니칼 따위는 거의 무기나 다름없어 보였다. 길이가 언제든 손에 쥐고 으스대며 먹을 수 있는 알사탕과 고구마 과자 역시 길이의 권위를 높여주고 길이를 신비한 존재로 만드는 도구이며 장식이었다. 실제로 길이는 그것들로 동네 아이들을 제 졸병으로, 신하로 만들었던 것 같다. 나는 길이네 점방에서 무슨 물건이든 스스로에게 소용이 되는 물건을 한 번도 시원하게 사본 적이 없었다. 지나며 늘 사고 싶다는 생각을 했지만 뭔가 두려워 살 수가 없었고 그 시절이 지나니 살 물건이 없었다. 그러나 정작 중요한 건 그런 게 아니었다. 점방 안쪽 구석에 묻혀 있는 어른 키만한 항아리가 길이네 점방에 결정적인 권위며 성격이며 꿈을 부여했다. 나는 그렇게 믿었다.

그 항아리에 무엇이 들어 있는지 알게 된 건 내가 열한 살 때였다. 밀과 보리를 수확하고 모내기를 하는 농번기를 맞아 학교에서는 가정 학습 기간을 설정하고 한 주일가량 휴교했다. 학교에 나오지 않는 대신 농사일을 거들라는 취지였는데 농사일을 거들지 않는 읍내 아이들, 또는 길이처럼 농촌에 살면서도 농사를 짓지 않는 집의 아이들에게는 방학이나 마찬가지였다. 나는 점방 앞에서 제 가게에서 막 꺼낸 새 구슬로 구슬치기를 하는 길이를 의연하게 지나쳐 점방 안으로 들어갔다. 속으로 '자식, 나이가 좀 든 줄 알았더니 아직도 구슬치기나 하고 있구나' 하는 생각을 했던 것 같기도 하다. 나는 이미 십대가 되었던 것이다.

—막걸리 한 주전자 달래요.

나는 길이 어머니에게 그렇게 말했다. 길이의 어머니는 주전자를 건네받으며 내가 어디에 소속되어 있는 꼬마인지 물었다.

　—냇가 건너 안 동네 기와집 둘째 손자입니다.

　—그렇구나. 그 집 논 여섯 마지기짜리가 요 아래쪽에 있는 것 같더니.

　여인은 혼잣말을 하면서 구석에 세워둔 바가지 자루를 쥐었다. 바가지를 구석에 세워두었다? 그랬다. 어른 머리통만한 박 가운데를 자른 바가지 끝에 막대기를 고무줄로 묶어 매달아 깊은 곳에 있는 액체, 또는 콜로이드 상태의 물질을 뜰 수 있도록 만든 것이었다. 한마디로 재래식 변소를 풀 때 쓰는 똥바가지와 쌍둥이처럼 닮았다.

　점방의 여주인은 구석으로 가더니 둥그런 나무판을 치웠다. 그 아래 검은 아가리 속에서 무엇인지 모를 신비한 향기가 솟아올라 점방을 채우고 내 콧구멍을 벌름거리게 만들었다. 바로 막걸리가 그 항아리에 들어 있었던 것이다. 여인은 바가지를 항아리 속에 집어넣었다 빼더니 주전자에 막걸리를 채웠다. 단 두 번 만에 두 되짜리 주전자가 가득찼다. 여인은 '돌가루 푸대'라고 불리던 시멘트 부대 종이를 뭉쳐 주전자 주둥이를 막고는 내게 건네주었다. 그러나 나는 생전 처음 보는 광경이며 절차에 넋을 빼앗겨 주전자를 받아들고도 걸음을 옮기지 못하고 있었다. 여인은 나를 보고는 무엇인가 생각하는 듯하다가, 아하, 하고는 '돌가루 종이'를 찢어 그 안에 사카린을 열 알쯤 넣고 접더니 내 손에 쥐여주었다. 나는 그제야 정신을 가다듬고, "돈은 이따 모심고 올라올 때 준대요" 하고 중얼거리고는 모내기가 한창인 논으로 향했다.

　길이네 점방에서 논까지의 거리는 삼백 미터쯤 되었다. 그런데 길이네 점방 바로 아래에 샘이 있는 게 문제였다. 샘이 있는 게 무슨 문제냐고 궁금해할 사람이 있을지 몰라 말해두는데 샘이 있으면 목마른 사람(또는 개나 말)이 샘물을 마시고 싶어지는 법이다. 마시면 된다고? 그래, 그러면 쉽다. 그런데 목이 마른 사람의 오른손에는 막걸리가 가득찬 주전자가 들려 있고 왼손에는 사카린을 싼 돌가루 종이가 쥐어져 있다면 어떻게 해야 하는가. 문제는 바로 이것이다. 나는 문제를 풀기 위해 샘으로 갔다. 샘가에 있는 내 주먹보다 조금 더 큰 조롱박에 사카린을 몇 알 떨어뜨리고 주전자에서 막걸리를 따른 뒤에 휘저었다. 조롱박 속의 막걸리가 돌기를 멈추었을 때 나는 조롱박 속의 막걸리를 쭉 들이켰다. 그뒤에 마신 만큼만 샘물을 떠서 주전자에 부었다. 사카린은 그런 데 쓰라고 준 것이었다. 누가 가르쳐주지 않았고 나 역시 배우지 않았으며 어느 책에도 나오지 않는 사카린과 막걸리, 샘물의 상관관계는 그렇게 형성되었다.

막걸리 심부름이 거듭될수록 사카린의 소비량도 늘어났고 마침내 사카린을 따로 구입하는 지경에 이르게 되었으니 그것이 점방 여주인의 노회한 상술이었던가, 아니었던가, 아 모를 일이다. 결국 '물 반 막걸리 반'이 된 주전자 속의 액상 물질을 실수요자인 일꾼들에게 가져다주면, 일꾼들은 "요새 막걸리는 이상하게 싱겁다"고 하면서 읍내 술도가에서 길이네 점방으로 술을 배달하는 총각을 의심했다. 총각이 읍내 술도가에서 자전거 양쪽에 막걸리 술통을 달고 오다가, 샘 아니라 샘처럼 생긴 구덩이만 만나도 어째 그냥 지나가는 법이 없더라는 것이다. 샘터 근처에 사는 처녀와 영화를 보고 나오는 걸 보았는데 그 돈이 어디서 났겠느냐, 한 말들이 술통에 든 막걸리를 거반 빼돌리고 물을 섞어 배달한다는 것이었다. 어느 일꾼은 길이네 점방에서도 물을 섞는다고 했다. 길이네 아버지가 워낙 호가 난 술꾼이라는 것이다. 따라서 그의 부인은 집에 있는 술이란 술은 모두 물을 타서 양을 늘려놓는다고 하는데 그 부인이란 바로 길이의 어머니이다. 점방이 밤에 일어나서 항아리 뚜껑을 열고 물을 탈 리는 없는 게 아니냐고도 했다. 내게 누가 그에 관해 물었다면, 막걸리라는 게 원래 물을 술의 원료에 막 걸러서 먹는 것이니 군말 말고 마시기나 하라고 대답해주었을 텐데 내게 그런 걸 물어보는 사람은 없었다.

길이네 점방 앞에는 들마루가 있었다. 동네 사람들은 날씨만 좋으면 늘 그곳에 앉아 있었다. 점방 안 서늘한 항아리 속에서 잘 익은 막걸리가 주전자로 날라져왔다. 사내들은 마시고 마시고 마시고 또 마셨다. 막걸리는 사내들의 어깨에서 무거운 짐을 벗기고 늘 대하는 서로에게 새로운 느낌을 갖게 했을 것이다. 그들은 길이네 점방의 기둥에 백묵과 송곳으로 외상 줄을 그으며 때로 노래했다.

—마시고…… 또…… 마시고…… 취하고…… 또…… 취하여이…… 밤이…… 다하도록……

저녁나절에 냇가 너머에서 끊어졌다 이어지며 들려오는 노랫소리에 나는 이따금 넋을 빼앗겼다. 결국 사내들은 혼곤한 잠에 빠져들어 꿈이라는 노자를 지불하고 스스로 길이 되어 하늘과 대지를 오갔다. 길이네 점방은 꿈과 이야기와 공론과 막걸리와 하늘과 통로의 질척한 시장이었다.

이 사내들은 후일 인근의 저수지에서 잡은 잉어를 먹고 집단식중독에 걸려 지방판 신문의 한 귀퉁이를 장식하기도 했다. 또 사소한 시비 끝에 한 사내가 또 한 사내를 밀쳤는데 쓰러진 사내 위로 옆에 세워져 있던 자전거가 넘어져서 상해 사건으로 일이 크게 번졌다. 법원에서 포승에 묶여 나오던 그 운 없는 사내를 보며 내 곁에 서 있던 소년이 울먹였는데 그가 소년의 아버지였던 까닭이다. 그걸 생각해내는 걸 보니 나는 어차피 소설을 쓰게 되어 있었다.

그로부터 삼십 여년 뒤에 나는 길이네 점방을 다시 찾았다. 점방과 샘이 있던 자리는 아스팔트길로 바뀌어 있었다. 샘은 그렇다 치고 점방마저 길이 집어삼킨 것일까. 점방이 있던 자리에서 조금 비껴난 곳에 있는 새마을 구판장에 가서 길이와 길이네 점방, 샘의 행방을 물었다. 십여 년 전에 읍내에서 이사를 왔다는 주인은 알 수 없다고 했다. 그런 걸 알아서 뭐하겠느냐고 타박은 주지 않았다.

혹시 길이가 길이 된 건 아닐까. 그렇다면 길이의 길은 어디로 가서 제가 먹어 삼킨 점방을 새로 낳을까. 새마을 구판장에서 비닐병에 담긴 막걸리를 마시고 헛소리를 하다가 탁자에 엎드려 잠이 들었다. 꿈을 꾸지 못하여, 내가 길이 되지는 못하였다. 눈을 뜨니 내 맞은편에 흰머리가 드문드문한 꾀죄죄한 사내가 엎드려 자고 있었다. 저것은 거울인가, 유리인가, 아니면 또다른 나인가. 문득 소스라치며 구판장을 나왔다.

늑대 생각

시방 우리나라에서 늑대는 멸종되었다는데 나는 늑대를 본 적이 있다. 열두 살쯤 되었을 적, 학교에서 돌아오는 길이었다. 그날 나는 평소 다니던 넓은 신작로로 가지 않고 충동적으로 남산으로 가는 산길로 접어들었다. 내 고향의 남산은 서울의 남산처럼 읍내에서 가장 높은 산이긴 해도 높이가 백여 미터밖에 되지 않았다. 서울 남산처럼 정상 부근에는 팔각정이 있었고 읍내 유지들이 활을 쏘는 활터가 있었다. 그런데 그 유지들은 활을 쏠 때마다 가지고 다닌 게 아니고 활터 근처에 두고 다녔다. 정자의 옆에 단층 기와 건물이 있었고 그 안에 유리로 장을 만들어 활을 보관했다. 혹시 비싼 활이 없어질지도 모른다고 생각한 유지들은 고학생을 고용해 밤 사이 지키게 했는데 그 당시의 고학생이 바로 친척 형이었다. 나는 바로 그 형을 염두에 두고 산길로 들어갔던 것이다. 형은 재미있는 이야기를 잘했고 바둑으로는 나의 호적수이기도 했다. 무엇보다 그곳에는 언제나 과자나 떡 같은 주전부리가 있었다. 그런데 산길에 들어서면서 언제부터 그랬는지는 몰라도 내 뒤를 털이 하얀 개가 따라오고 있는 것이었다.

개는 꽤 컸다. 다리는 길고 굵었다. 긴 꼬리는 아래로 처져 있었고 귀는 빳빳이 서 있었다. 처음에 나는 흔한 셰퍼드로 생각했는데 털이 하얀 셰퍼드는 없다는 걸 곧 깨달았다. 나는 걸음을 멈추고 살짝 뒤를 돌아보았다. 그러자 그 개 역시 제자리에 멈추는 것이었고 먼산을 보는 척했다. 내가 천천히 가면 천천히 따라왔고 빨리 가면 빨리 따라왔다. 그러면서 내 발걸음과 심장박동은 점점 빨라졌다. 마침내 정자가 보이기 시작할 무렵 나는 거의 뛰다시피 하고 있었다. 정자 아래쪽에는 블록으로 지은 변소가 있었는데 오르막길을 전속력으로 뛰어올라온 나는 노크를 할 겨를도 없이 그 변소에 뛰어들었다. 나무문에 눈을 대고 밖을 내다보니 개는 변소에서 불과 십여 미터 떨어진 곳에 앉아 있는 것이었다. 그때서야 나는 그 개가 늑대라고 믿게 되었다.

나는 목이 터져라 친척 형의 이름을 외쳐 불렀다. 전혀 응답이 없었다. 활터에 고용된 고학생의 직분은 밤에 활을 지키는 것이었고 낮에는 학교에 가서 공부를 하는 것이었다. 그렇지 않다면 학생이라는 말이 붙을 리 없었다. 목이 쉴 지경이 되어서야 나는 그 진리를 깨달았다. 가방을 바닥에 놓고 주저앉은 나는 지나가던 누가 급한 나머지 변소에 들를지도 모른다는 희망을 품었다. 그렇지만 산속 대부분이 변소로 쓰일 수 있다는 생각이 곧 내 머릿속에 떠올랐다. 변소에서는 전화도 할 수 없고 전보도 칠 수 없고 봉홧불을 올릴 수도, 엽서도 보낼수 없었다. 물론 변소 안에서 할 수 있는, 그것도 잘할 수 있는 일도 있지만 그때 나는 그런 일을 잘할 생각도, 느낌도 없었다.

변소 안이 어두워지기 시작했다. 바깥도 어두워지고 있었다. 늑대는 여전히 그 자리에 있었다. 습자지에 먹물이 배듯 변소 안팎이 완전히 어두워지고 있었다. 마침내 변소 바깥의 늑대도 변소 안의 내 손가락도 보이지 않았다. 그러자 아무것도 무섭지 않았다. 아니, 그 자리, 그 시간, 그 정황 자체를 견딜 수 없었다.

나는 나도 의미를 모르는 괴상망칙한 고함을 내지르며 문을 박차고 밖으로 뛰쳐나갔다. 늑대든 개든 상관하지 않았다. 그저 죽어라 하고 산길을 달려 내려갔을 뿐이었다. 혹시 시골 소년이 늑대에게 물려 죽을지도 모른다는 공포에 사로잡혀 산마루에서 제집까지 달려가는 것을 올림픽 경기 종목으로 채택했다면, 내가 그때 달리는 데 걸린 시간은 세계신기록급이었을 것이고 나는 당연히 국가대표가 되고도 남았을 것이다. 그렇게 눈 깜짝할 사이에 집에 다다랐더니 식구들은 여느 때처럼 태평한 모습으로 들마루에 모여 앉아 호박을 숭숭 썰어 넣고 끓인 칼국수를 먹고 있었다. 내가 있든 없든 언제나 그곳은 평화로울 것처럼 보였다. 나도 잠깐 숨을 식식거렸을망정 곧 아무 일 없었던 것처럼 그 자리에 끼어들어 그릇 하나를 차지했다.

나는 지금 늑대에 관해 몇 가지를 알게 되었다. 첫째 늑대는 사람을 공격하지 않는다. 멸종해서 더이상 못하는 게 아니라 북아메리카에서 늑대 이백만 마리 이상이 도살되다시피 했을 때에도 사람을 공격한 예는 보고되지 않았다. 둘째 무리생활을 하는 늑대 가운데 가장 약한 늑대는 무리의 평화를 위해 무슨 일이든 한다. 그게 무리에서 떨어져 혼자가 되는 것보다는 낫기 때문이다. 셋째 평화로운 들길에서는 평화를 잘 알 수 없다. 늑대가 있는 산길이 최고다.

중요한 것은 바로 세번째 항목이다. 우리는 늑대처럼 무해하며 역설적으로 평화의 지표가 되는 동물과 식물들을 멸종시켜버렸다. 이제 무엇으로 열두 살짜리 소년들은 평화를 확인할까. 반려동물로, 아니면 텔레비전 중계로?

그 늑대는 무리에서 떨어져나온 한 놈이었을까. 그 녀석이 남한의 마지막 늑대가 아니었기를. 제발 나를 못 잡아먹어서 굶어죽은 게 아니기를.

언젠가는

서울하고도 신촌에 80년대 초부터 있어온 술집이 있다.

신촌은 50년대에도 있었고(그때 그곳에 살아보지 않아 확실히는 모르지만) 60년대에도 있었을 것이고 80년대에는 분명히 있었다. 하지만 지금 신촌에는 90년대, 그것도 세기말의 발작적이고 얄팍하기 그지없는 잡지 같은 후반부밖에 존재하지 않는 것처럼 보인다. 낮에는 유리와 플래카드로 분칠한 새 건물이 '삐까번쩍'하고, 밤에는 요요한 불빛으로 휘황찬란하다. 그러나 지금 거기에 분명히 70년대와 80년대의 먼지를 덮어쓴 채 삭아가는 집이 하나 있다.

그 술집 화장실은 변기가 고장난 지 오래여서 일을 보고 나면 세면대 옆에 있는 큼지막한 플라스틱 통에서 물을 퍼서 부어야 한다. 변기는 가정식 변기와 달리 앉는 자리가 없어 서서 일을 보거나 쪼그리고 앉아야 한다. 그게 나을 것이다. 변소에서 할 일, 해야 할 일, 해서는 안 될 일을 취객들이 확실히 구별한다는 보장이 없으니까. 좌변기 좌석에 올라서서 지휘를 하지 않으리라는 보장이 있는가.

그렇지만 그 화장실에서 가장 볼만한 것, 인상적인 것은 역시 화장실 안쪽 벽 한 면을 가득 채우다시피 한 영화 포스터가 아닐까. 파스텔톤의 갈색 포스터는 낡은 나무액자에 표구되어 걸려 있었는데, 화장실에 들어서면 어김없이 그 포스터에 눈을 빼앗기게 마련이었다. 포스터의 하단에는 모자를 쓰고 바삭거리는 소리가 날 듯한 새 신사복을 입은 아이 하나가 두 팔을 펴고 어디로 가려는 듯 막 한 발을 들어올리고 있다. 그 아이 옆에는 몸에 좀 큰 듯한 오버코트며 양복을 입은 소년들이 역시 어딘가를 향해 가고 있다. 아니, 포스터니까 사실은 멈춰 서 있다.

나는 그들이 움직이는 영화를 80년대 중반 크리스마스 저녁에 남대문극장에서 보았다. 소년은 그 걸음을 딛고 나서 총에 맞아 개처럼 쓰러지게 돼 있다. 하지만 포스터 안에서는 한 발을 든 채 멈춰 있다. 영원히 그럴 것처럼, 운명을 거부하고. 너의 인생이여, 즐겁게 춤을 추다가 그대로 멈춰라!

그 인물들의 머리 위를 가로지르는 높다란 다리, 교각이나 쇳덩어리에서는 금방 물이라도 떨어질 듯하다. 연기와 김이 번갈아 피어오르고 거대한 공장, 늘어진 쇠줄도 눈에 띈다.

자세히 보면 포스터에 얼룩이 튀어 있는 것이 보인다. 그 얼룩이 그 다리에서 떨어진 것인지, 그 다리에서 떨어지는 무엇을 보려고 바싹 얼굴을 댄 사람에게서 떨어진 것인지, 손님이 가고 난 뒤 주인이 투덜거리며 걸레를 휘두르는 바람에 묻은 것인지, 그 모두를 합친 것인지,

아니면 또다른 경우가 있는 것인지 연구하는 사람은 없다. 연구를 한다면 그 제목은 이런 게 적당할 것 같다. '1980년대 한국의 부도심부 주점 풍속 연구, 특히 화장실 문화에 관하여'. 중요한 건 연구도 연구 제목도 아니다. 거기에 포스터가 걸려 있다는 것이다.

영화의 제목은 'Once Upon A Time In America'일 것이다. 그렇게 적혀 있으니까 틀림없다. 그 영화의 제작자는 Arnon Milchan이다. 그렇게 적혀 있으니까. 그 영화를 감독한 사람은? Sergio Leone다. 그렇게 적혀 있으니까. 세르조 레오네는 60년대에 〈황야의 무법자〉〈석양의 무법자〉 같은 흥미 위주의 서부영화를 만든 것으로 알려져 있다. 〈옛날 옛적 서부에서Once Upon A Time In The West〉를 감독한 뒤 오랜 동안 기회를 잡지 못하다가 80년대 초반에 이 영화를 감독하게 되었다. 그러나 그는 영화를 완성하지 못하고 죽었다고 한다. 그건 확실하지 않다. 이 영화는 원래 일곱 시간이 넘는 대작으로 만들어졌는데 1984년 칸영화제에서 3시간 47분으로 편집되어 발표되었다. 그러나 제작자들이 이것도 너무 길다고 하여 개봉할 당시는 2시간 19분짜리가 되었다. 그나마 국내 개봉 때는 배급사에서 1시간 47분으로 잘랐고 상영을 하는 극장에서 또 제 마음대로 잘라대는 바람에 내가 본 영화 중에 가장 이야기 전개가 빠른 영화로 기억될 뻔했다. 나보다 먼저 두 번을 본 친구가 중간중간 전후 관계를 설명해주지 않았더라면 나는 도대체 그 영화가 갱스터 영화인지 노조를 다룬 영화인지 은행 강도에 관한 영화인지 모른 채 극장 문을 나섰을 것이다. 그 친구는 그날 그 극장에서 세 번 그 영화를 보았고 나는 그뒤로 2시간 17분과 4시간짜리의 영화를 비디오로 보았다.

갱스터 영화의 대부 격인 영화 〈대부God Father〉는 3부작으로 만들어 졌는데 두번째 영화에 로버트 드 니로라는 배우가 나온다. 그 배우는 〈Once Upon A Time In America〉에서도 주연으로 등장한다. 그것 도 확실한 건 아니다. 그렇다. 정작 중요한 건 이제부터다. 포스터에 는 이런 글이 적혀 있다. 그것이 80년대를 상징하고 완성한다.

As boys, they made a pact to share their fortunes, their loves, their lives.
As men, they shared a dream to rise from poverty.
Forging an empire built on greed, violence and betrayal, their dream would end as a mystery that refused to die.
소년들이 아직 어렸을 때, 그들은 부와 사랑과 목숨을 나누자고 약 속했네.
나이들어 어른이 되자, 그들은 가난뱅이에서 벗어나보자는 꿈을 나 눠 가졌다네.
탐욕과 폭력과 배신으로 나라를 세우고자 했지만, 그들의 꿈은 스 러지지 않는 신비로 남고 말았네.

끝내 이런 식의 해석밖에 할 수 없었던 이들은 큰 머리를 맞대는 게 지겨워지면 남이 싫어하든 좋아하든 기타를 치며 노래를 불러댔고 끝 도 없는 이야기를 악악거리다가, 문득 화장실에 다녀와서 시계를 들 여다보고는 서둘러 자리에서 일어서곤 했다. 어느 날은 로버트 드 니 로가, 어느 날은 성석제가, 어느 날은 성원근, 기형도, 김소진이 먼저.

그들은 몸에 큰 오버코트를 입고 꼬부라진 혀로 인사를 하고는 무거운 문을 밀었다. 바깥에는 소란한 90년대가 거센 연기와 뜨거운 김을 내뿜고 있었고 하늘에는 보이지 않는 별과 별 사이에서 차갑고 더러운 눈, 물이 막 걸음을 떼려는 소년들의 이마에 떨어지곤 했다. 눈앞에서 죽은 소년도 있었고 떠나가서 돌아오지 않은 소년도, 떠나지 못한 소년도 있었다.

모두 어른이 되었으리라. 소년은 청년이 되고 청년은 어른이 된다. 어른들은 탐욕과 폭력과 배신으로 자기들의 나라를 만들려 하지만, 언제나 실패한다. 그들은 지나가는 존재일 뿐이다. 그렇지만 언젠가는 그런 일이 있었다, 서울하고도 신촌에. 언젠가 미국에 그런 일이 있었듯이.

시간도 사람도 포스터도 추억도 모두 사라지고 골조만 앙상한 '언젠가는'만 남는다. 그러니 인생이여, 부탁하노니, 즐겁게 춤을 추시다가 그대로 멈출 줄 알지어다!

여름은 갔지만
—나의 대학 시절

1979년하고도 1월, 대학 입학시험에 합격한 것을 확인한 뒤 내가 읽기 시작한 책은 테오도르 슈토름의 소설 『대학 시절Auf der Universität』이었다. 판형이 한 손에 들어오는 문고판이라는 것과 표지에 붉은 띠가 둘러쳐져 있었다는 것은 기억난다. 그러나 유감스럽게도 내용은 거의 아무것도 기억할 수 없다. 어떻든 바로 그 소설 때문에 나에게, 대학 시절은 낭만적이고 전원적이며 연애처럼 신비롭고 아름다울 것이라는 선입관이 생긴 건 확실하다. 어쩌면 나 역시 머지않은 시기에 똑같은 제목으로 소설을 쓰게 될지도 모른다는 불길한 예감을 가지고 있다. 하지만 그 내용 역시 오랜 뒤까지 독자들의 기억에 남게 될 것 같지 않다. 대학 시절은 아름다운 만큼, 평생을 두고 되새길 추억이 많은 만큼 그를 되새긴 이야기는 개인적이고 사적인 게 되기 쉽다. 사적인 이야기라면 내가 생각하는 소설의 정의와는 다소 거리가 있다.

그러므로 내가 지금부터 쓰려고 하는 짧은 글이 앞으로 내가 쓸지도 모르는 '나의 대학 시절'이라는 소설의 밑그림쯤으로 읽히기 바란다. 따라서 진실은 있을 수 있지만 사실은 적고 허구는 많되 허풍은 아닌 글이 되기를 바란다. 돌이켜보면 나의 대학 시절은 사건과 문제의 연속이었다.

1. 행방불명 사건

학교를 졸업한 지 서너 해쯤 되었을까. 내가 다니던 회사에 Y대 법학과 출신 79학번이라는 사람이 경력 사원으로 입사했다. 나는 그가 누구인지 알아보지 못했는데 그 역시 나를 알아보지 못했다. 아무리 동기생이라고 해도 내가 학교에 다닐 때 그가 다녔는지 알 수 없는 일이었다. 내가 강의를 빼먹었을 때 그는 열심히 강의를 듣고 있었을 수도 있었다. 그 반대되는 경우는 없겠지만. 무엇보다 나는 법학과 동기 가운데서는 예외적으로, 2학년을 마치고 군대에 다녀온 경력이 있었다. 다른 학과에서는 그렇게 하는 게 자연스러운지 몰라도 법학과에서는 고시 공부를 하든 하지 않든 학부 4학년을 마치고 가는 게 보통이었다. 따라서 내가 군대에 다녀와 복학을 하니 대부분의 동기들은 대학원과 도서관, 군대에 있었고 학부에는 거의 남아 있지 않았다. 동기들과 함께한 시절이라는 게 대학 2학년 때 일 년 정도인데 내가 2학년이던 1980년은 강의를 들어가는 둥 마는 둥하던 봄이 길었고('민주화의 봄'이라고 일컬어진다) 이어 5월에 떨어진 계엄령 덕에 휴교 기간도 길었으니 제대로 얼굴을 익히고 사귈 시간도 별로 없었다.

같은 층에 근무하게 된 동기생 경력 사원의 이름은 익숙했지만 다른 학교 동창 가운데서도 열 명은 있을 법한 흔한 이름이었다. 그러던 어느 날 그가 내게 다가와 한 학년에 한 명 있을까 말까 하게 특이한 내 이름과 학번, 졸업 학교, 과를 확인하고는 자신이 내 동기라고 말하는 것이었다. 나는 그를 먼저 알아보지 못한 스스로를 탓하고 그렇게 된 데는 내가 회사 안에서든 회사 밖에서든, 학교 안이든 밖이든 남과는 다른 리듬, 다른 장소를 찾아다니며 살아왔기 때문이라고 말했다. 그래서 대학에서는 한때 저 녀석 도대체 우리 과 애가 맞느냐, 'K' 대학이나 'E' 대학에서 보낸 간첩 아니냐 하는 농담까지 들었다고 했다. 그러자 그는 불쑥 양복 안주머니에서 무슨 수첩 같은 걸 꺼냈다.

"이것 좀 봐라. 여기 네 이름 있는 데를."

수첩에는 동기들의 주소와 연락처, 직장 같은 게 죽 적혀 있었고 다행히 내 이름도 있었다. 나는 간첩의 누명을 벗게 된 걸 가벼운 박수로 자축하며 그를 포함해 동기회 명부를 만든 모든 사람에게 감사한다고 말했다. 그런데 그의 굵은 손가락은 내가 감사를 표한 이후에도 내 이름을 계속 가리키고 있는 것이었다.

"왜 그러는데?"

"잘 보라니까. 한국말은 끝까지 봐야 알지."

그의 손가락이 치워지자 내 이름 아래에 붙은 연락처 난이 비어 있는 게 드러났다. 그거야 내가 동창회고 동기회고 잘 안 나가서 그런가 본데 앞으로는 나갈 용의가 있을 수도 있고 회비도 낼 용의가 없을 수도 있지만 있을 것 같기도 하다, 그러면 그 난이 채워질 가능성이 높아질 것이니 앞으로 백 년 안에 해결될 성질의 문제가 아니냐고 했다. 그는 농담을 알아듣는 표정이 아니었다. 그래서 나는 그의 손가락이 완전히 치워진 뒤 그 손가락 바로 아래 숨어 있던 글자를 해독하게 되었다. 그 글자는 네 자의 한자 성어로 법률 용어로 쓰이기도 했던 바, 한 자씩 떼어서 써보면 '갈 행行에 모 방方, 아니 불不, 밝을 명明'이었다. 흠, 어느 방면으로 가서 처박혀 있는지 분명치 않다? 아무리 내가 학교 공부를 등한시했다 해도 그 정도 한자의 뜻은 알 수 있었다.

"야, 이건 좀 심하잖아. 연락이 좀 안 닿을 수도 있는 거지, 얼마나 못 만났다고 기분 나쁘게 이게 뭐냐. 행불자라니? 차라리 납북이나 전사라고 하라 그래."

"너 말고도 또 있어. 여기 봐."

그러고 보니 또하나의 행불자가 있었다. 더 있었는지도 모른다. 그렇지만 내 눈에 또렷이 이름이 들어온 친구는 미술 공부를 한다던 동기였다.

그는 묘하게 나와 자주 만났다. 말 그대로 서로 시기를 잘 맞추었다고나 할까, 잘 맞춰졌다고나 할까. 당시에는 법학과 행정학, 정치외교학, 신문방송학을 한 테두리로 묶어서 1학년 동안 두루 맛을 보게 한 뒤 2학년 때 자기 전공을 정하도록 했는데 2학년이 된 뒤 첫 강의 시간에 그의 옆자리에 앉았던 나는 그에게서 보통의 동기와는 다른 냄새를 느꼈다. 그게 유화를 그릴 때 쓰는 용제인 테레빈유 냄새라는 걸 알게 된 건 그의 집에 가서 그림 구경을 한 뒤부터였다. 내가 강의에 들어가면 그도 강의에 들어왔고 내가 들어가지 않으면 잘 모르긴 해도 그 역시 들어가지 않는 것 같았다. 내가 들어가는 강의란 첫 시간이라든가 출석을 반드시 확인하고 성적에 반영하고야 마는 악착같은 조교가 버티고 있는 강의라든가 시험, 시험 출제 경향을 알려주는 강의 등이었다. 그 외에 들어가도 그만, 안 들어가도 괜찮은 강의는 당연히 들어가지 않았다. 이런 걸 판단하고 결정하고 실행하기까지 상당한 노력이 필요하다. 몇 번의 시행착오는 각오해야 하며 무엇보다 대리 출석이 적발되지 않으려면 친구들과도 돈독한 관계를 유지해야 하는 것이다. 이런 걸 다 하고도 뭔가 낌새가 수상하면 즉각 출석을 할 수 있도록 거리, 시간, 만나는 사람, 노는 방법을 연구해두어야 한다. 조금 전문적인 용어로 말하면 언제라도 출석의 모든 '흠결을 치유할 수 있는' 자세를 갖추고 있어야 한다는 말이다. 그 친구는 내가 열거한 우정이니 대리 출석이니 거리 따위의 계량 가능한 방식이 아닌, 본능에 따르는 방식을 유지했다. 쉽게 말해 어쩐지 출석을 해야 할 것 같다 싶으면 출석을 하고 출석을 안 해도 되겠다 싶으면 안 하는 것이었다. 결과적으로 우리 두 사람의 결강 일수는 비슷했는데 결강하고도 결강으로 기록되는 횟수는 내가 조금 더 많았다. 정말 조금, 그러니까 한 학기 동안 일이 회 정도의 차이였다. 출석 점수가 반영된 성적은 어땠는가에 대해서는 앞으로 말할 기회가 있을 것 같다.

강의를 빼먹은 그 시간에는 뭘 했는가. 그는 물론 그림을 그렸을 것이다. 그는 원래 그림에 재능이 있었고 그림을 필생의 업으로 하고 싶다고 했지만 집안의 기대와 스스로의 판단으로 법학과를 선택한 것이었다. 나 역시 그와 마찬가지로 이 할쯤은 집안의 기대 때문에, 삼 할쯤은 스스로의 의무감으로 법학과를 선택했다. 나머지 오 할은 뭐였던가. 법학과는 고시 공부를 하는 학생들이 많아서 출석을 잘 부르지 않는다는 달콤한 소문이 있었고 거기에 보기 좋게 속았기 때문이었다.

어떻든 강의를 빼먹은 그 금쪽같은 시간에 나는 그림을 그리지는 않았다. 그 대신 대학 안에서 내 나름으로 선택한 강의를 들었다. 솔숲과 노천극장의 노랫소리에서, 교내 곳곳에 피어나는 벚꽃과 진달래에서, 신록을 피워올리는 나무들의 소리 없는 노동에서, 연못 금붕어들의 표정에서, 학교 밖 포장마차의 젊은 여주인에게서, 안주를 만든다며 시장에서 사다 구운 고등어 냄새에서, 선배와 후배와 친구와 죽음과 삶의 교차, 이별, 무덤가의 꽃다발에서 위악과 방탕, 다방, 그리고 술, 술, 술에서 무언의, 흔적 없는 학점을 얻었다. '들어가지 마시오'라는 팻말이 꽂혀 있는 잔디밭에서 경고를 거듭 무시하고 바둑을 두다 물세례를 받기도 했고 분수가 있는 연못에서 단체로 때를 벗기기도 했다. 청춘의 열정, 충돌, 절망과 혼돈이 주는 학점은 A, B, C, D, F가 아니라 눈물, 회한, 환희, 기쁨, 내출혈 같은 종류의 것이었다. 물론 이런 과목은 만점도 없고 통지도 오지 않는다.

나는 이처럼 고난스럽고 재미없는 2학년을 마치고—출석이 나를 힘들게 한 것은 아니고 나 스스로 나를 괴롭힐 이유가 많았다—군대에 가기 위해 휴학을 했다. 그 친구 역시 나와 비슷한 시기에 휴학을 했다는 것 같았다. 그리고 그를 만난 적이 없었다. 그는 법학과 졸업생 가운데 동기들과는 약간 다른 행로를 걸은 사람들이 참석하는 졸업식, 질서와 조화의 의미를 담고 있는 국화과의 꽃 코스모스의 이름이 앞에 붙는 하계 졸업식에도 나타나지 않았다.

2. 수석졸업 사건

1986년 여름, 코스모스 졸업식을 일주일쯤 남겨두었을 무렵, 나는 난데없이 대학 교무처에서 걸려온 전화를 받았다.

"하계 학위 수여식이 일주일 뒤인데요. 졸업식 오실 거지요?"

"아, 예. 그런데 그게 말입니다. 제가 두 달 전에 취직을 했거든요. 지금 출판사에 다니고 있는데요. 이 회사가 워낙 바쁘고 사람을 안 놔주기로 악명이 높습니다. 그리고 일할 사람은 없고 노는 사람은 많고…… 이런 데 잘 아시죠? 일을 배우기도 전에 뒤치다꺼리하느라고 정신이 하나도 없습니다. 제 사정을 이해하시겠죠?"

"안됐네요. 그렇지만 졸업식에는 꼭 와야 합니다. 필요하다면 우리가 그 회사에 정식 공문을 보내드릴 수도 있습니다."

"아, 뭐 저도 대학 졸업식이 인생에서 차지하는 막중한 비중을 잘 알고 있습니다. 졸업식 사진이 없는 인생은 또 얼마나 허전하겠습니까. 그렇지만 회사에서 워낙 중요한 일을 하고 있어서 도저히 몸을 뺄 재간이……"

"다른 사람은 몰라도 수석 졸업자들은 꼭 와야 하는데, 어쩌지요? 단과대 수석 졸업자는 대표로 단상에 올라가서 총장님과 악수를 해야 하거든요. 회사 때문에 정 못 오겠다면 차점자로 대신할 수밖에 없겠네."

"잠깐, 지금 뭐라고 하셨지요? 수석이 어쨌다구요?"

"성억제씨가 단과대 수석 졸업자란 말입니다. 그러니까 일부러 전화를 했지요. 못 올 것 같으면……"

"아니오, 가야죠. 무슨 말씀을. 회사를 당장 때려치우는 한이 있어도 갑니다. 다른 졸업생도 아니고 수석 졸업자가 졸업식에 간다는데 가지 말라고 하는 회사가 어디 회삽니까. 그런 법은 없습니다. 그런

회사는 당장 망해도 싸죠. 네, 갑니다. 갑니다, 꼭 기다려주세요. 사람 바꾸지 말고요."

전화기를 내려놓는 순간 누군가의 손이 뒷덜미를 움켜쥐길래 돌아보았더니 대학 5년 선배인 편집장이었다.

"뭐가 어째? 회사가 망해도 싸다고? 언제 회사에서 너보고 졸업식 가지 말라고 하대? 네가 귀찮아 죽겠다고, 죽어도 안 가겠다고 할 때는 언제고?"

"아이, 지난번에는 졸업식 날 하루 휴가는 못 준다고, 그냥 몸만 잠깐 빼서 갔다 오라고 했잖아요. 그런 졸업식에 어떤 미친놈이 가냐고 그랬던 거지요."

"네가 며칠 전에 졸업앨범 사진 찍는다고 하루 휴가 내달라고 해서, 무슨 사진을 그렇게 오래 찍느냐고, 꼭 앨범 사진 찍는 데 하루 휴가를 쓸 거면 졸업식 날에는 딱 그 시간만 갔다 오라고 했던 거지. 네가 먼저 안 가겠다고 했던 거 아니야? 여기서 학교까지 거리가 얼마나 된다고, 인간 된 도리로라도 갔다 와야 할 게 아니냐고 내가 그랬어, 안 그랬어? 네가 꼭 간다고 했어봐. 휴가를 왜 안 줘. 다른 휴가에서 하루를 빼고 말이야. 그런데 네가 수석이라고? 지나가던 개들이 단체로 웃을 소리 아니냐."

"어허, 사람을 뭘로 보십니까. 저 학교 다닐 때 만점도 받은 사람입니다. 수석 자격 충분히 있어요."

그러자 사무실 안에 있던 대여섯 명의 사람들이 일제히 웃음을 터뜨리는 것이었다. 자기들이 내 성적을 매기기라도 한 것처럼.

내가 만점을 받은 사실은 물론 성적표에 기록되어 있다. 평점 4.0

만점에 4.0이 틀림없다. 그게 85년 봄인지, 가을인지 잘 기억이 나지 않지만. 당연히 성적 우수자 앞으로 나오는 상장도 우송받았다. 상금은 없었다. 장학금도 없었다. 그렇게 성적이 잘 나올 줄 몰라서 장학금을 미리 신청하지 않았기 때문에. 하긴 장학금을 받았다면 법대생 몫으로 나오는 장학금을 받았을 것인데 내 성적표에서 법학과 관련된 항목이 졸업논문인가 하는 과목 하나뿐이었으므로 장학금을 받는 게 염치없는 일이긴 했다. 지금은 어떻게 장학금을 지급하는지 모르겠지만 그때는 성적이 나오기 전에 미리 신청을 하는 게 관례였고 그 때문에 은연중 염치 교육이 이루어졌다고 나는 믿는다. 그렇다면 졸업논문 한 과목을 뺀 나머지 과목은 무엇이었던가. 그것도 잘 기억이 나지 않지만 국문과 과목이 둘쯤, 교양과목 하나, 신학과 과목도 하나씩 있었으리라 짐작이 간다.

군대를 다녀와 복학을 하니 법학과가 단과대로 독립해 있었고 정원도 훨씬 늘어나 있었다. 불행한 것은 출석 확인이 종전과는 비교할 수 없이 엄격해졌다는 것, 그리고 시험이 다른 단과대학, 과와는 달리 한 학기에 네 번으로 강화되었다는 것이었다. 다행스러운 일은 학칙이 바뀌어 전공과목을 종전의 반만 들어도 졸업을 할 수 있게 되었다는 것이었고 출석을 부르는 조교 중에 동기가 있다는 것이었다. 다행과 불행을 합쳐 0이 되는 건 소설에서는 몰라도 현실에서는 불가능하다. 대개는 불행 쪽으로 결론이 나게 마련이었다. 그리하여 3학년 1학기 내내 나는 오로지 전공 점수 채우기에 매달렸다. 밥을 먹으면서도 법, 술에 취해 차도를 무단횡단 하면서도 법, 시위에 가담하고 난 뒤 최루가스 냄새가 가시지 않은 잔디밭에 누워 자면서도 법을 생각했다. 전공 성적은 어땠는가. 그건 별로 말하고 싶지 않다. 수백 년의 세월과 수많은 석학들의 심혈과 온축이 들어 있는 학문에 관용이 있긴 하다. 그러나 입학 뒤 2년에 군대 3년을 더해 담 뒤에서 놀다가 한 학기 동안 속성 공부로 어찌어찌하려 해보아야 그 관용에도 한계가 있는 법이었다. 어떻든 그 학기를 넘김으로써 전공 학점을 거의 다 채우는 데 성공했다. 이제 남은 것은 내가 하고 싶은 공부를 하고 싶다는 욕망을 채우는 것이었다. 나는 어슬렁어슬렁 문과대로 갔다.

문과대가 법과대보다 성적을 따기가 만만했다는 말을 하려는 건 아니다. 대신 사람에게는 기질과 체질이 있다는 말은 하고 싶다. 그리고 운도 어지간히 작용한다.

내 친구 K는 대학 4년 내내 장학금을 받았다. 사실 그는 장학금을 받지 않으면 학교를 다니기 힘들 정도로 집안 형편이 어려웠다. 그는 국방의 의무를 방위 근무로, 그것도 시간의 낭비가 없도록 정확하게 학기의 시작과 끝에 맞추어 다녀왔기 때문에 나보다 1년 반이나 먼저 졸업했다. 우리는 무조건 그가 수석 졸업일 줄 알았다. 단과대는 물론이고, 전체 수석을 하고도 남을 줄 알았던 것이다. 그의 평점은, 내 기억이 정확할 리는 없지만, 3.72라는 경이적인 기록이었다. 총 19학점에서 1학점짜리 교련만 D, 나머지는 모조리 F를 맞아 0.08이라는 기네스북에 오를 만한—이런 분야가 있다면 말인데—평점을 맞은 바 있는 B군을 포함한 우리들은 K의 졸업식에 전원 참석해서 그의 이름이 연단에서 불리는 광경을 지켜보기로 했다. 그런데 단과대 수석도, 전체 수석도 그의 차지가 아니었다. 그와 같은 과에 있던 여학생이 일이학년 당시 교련에서 B와 C를 맞은 적이 있던 K를 0.01점 차로 물리치고 학과, 단과대, 전체 수석을 모두 차지했던 것이다. 이런 게 운이다.

코스모스가 하늘거리는 가을을 한두 달 앞둔 어느 날, 나는 양복을 입고 졸업식에 참석했다. 단과대 수석 졸업자로 호명받아 단상에 올라 총장과 악수를 나누고 돌아서는데 카메라 플래시가 터졌다. 단하에 내려와 자리에 앉은 내게 어떤 사내가 다가와 사진을 사라고 했다. 총장과 악수하는 광경을 찍었다는 것이었다. 나는 이웃 병원에 근무하는 누이가 카메라를 가지고 온 걸 알고 있었으므로 그의 제안을 일축했다. 그래서 수석 졸업자로서 총장과 악수를 나누는 그 사진은, 그 증거는 내게 없다. 누이가 찍은 사진은 너무 멀리서 자동카메라로 찍은데다 플래시 광량이 부족해서 누가 누군지 구별이 되지 않았다.

단하로 돌아와서 앉은 자리 앞에는 법과대라는 명패가 세워져 있었다. 그리고 명패 앞에 나란히 앉은 졸업생은 나를 포함 다섯 명이었다. 차마 내 성적을 말할 수는 없는데 단 하나, 2위와의 격차가 평점 0.01의 스무 배 이상이었다는 것은 말해둔다.

내가 수석 졸업을 한 그날, 졸업식에 온 사람들은 모두 나의 수석을 믿을 수 없어했다. 아무리 졸업생 수가 다섯 명밖에 안 된다고 해도, 그 다섯 명은 적은 숫자냐는 것이었다. 심지어 졸업 자체를 의심하는 후배 녀석도 있었는데 그 녀석은 그 때문에 천벌을 받아 1년을 낙제하고 3년 뒤 후기 졸업식에야 학사모를 썼다.

입학식이며 졸업식이 중요하다거나 중요하지 않다거나 하는 말을 하려는 게 아니다. 그런저런 절차와 형식을 거쳐 대학의 울타리에 들어섰다는 게 중요하다.

몇 달 전 어느 서예가의 기념관에서 '예를 가르치는 데는 부모의 모

범이 먼저이며 모든 것이다'라는 의미의 글씨를 읽은 적이 있다(내 멋
대로의 해석일 수도 있지만). 나는 대학에 대하여 '대학은 (배우는 사
람이) 울타리에 들어오면서 (예를) 가르치기 시작하고 울타리를 벗어
난 이후에도 울타리로 존재함으로써 가르친다'고 생각한다. 설령 대
학이 없어진다 해도 대학에 몸담았던 사람들의 마음에는 영원히 남아
있을 것이다. 코끼리가 사라져도 상아가 남듯.

3. 출신의 문제

교양필수 과목인 체육을 수강할 때, 나는 순전히 집에 작은누이가
쓰던 테니스 라켓이 있다는 이유 하나로 테니스를 신청했다. 성적은
출석과 두 번의 실기시험으로 평가되었는데 마지막이자 결정적인 실
기시험은 두 사람이 코트에서 번갈아 한 번씩 서비스를 하고 그 서비
스를 상대 진영으로 받아넘기는 것이었다. 운 없게도 나는 첫번째로
호명을 받아 코트로 나섰다. 내 상대가 된 친구는 고등학교 때 테니스
종목으로 학년 대표인지, 반 대표인지를 했다는 막강한 실력의 젊은이
였다. 하여튼 땀을 뻘뻘 흘리며 공을 받아넘기고 있는 나를 채점하던
젊은 강사가 불렀다. 그는 나보다 두세 살 정도밖에 많아 보이지 않았
는데 국가 대표인지 지역 대표인지를 지낸 프로급 선수 출신이었다.

"도대체 지금 뭐하는 거요."

"시험 보죠."

"학생은 내가 한 학기 내내 힘들게 가르친 걸 전혀 배우지를 않았
잖아."

"무슨 말씀입니까. 지금 공 쫓아다니는 거 보셨잖아요. 제가 얼마

나 열심히 했습니까. 날은 덥죠, 저쪽 친구 힘은 좋죠, 전 군대 갔다 와서 나이는 처먹었죠, 숨은 차죠……"

"지금 댁이 하는 건 테니스가 아니라 탁구예요, 탁구. 받아넘기기만 한다고 테니스가 됩니까. 하여간 됐어요, 다음 사람!"

지금 생각하면 시험 볼 학생들은 줄을 서 있는데 내가 라켓을 탁구채 휘두르듯 하면서도 악착같이 공을 받아넘기면서 시간을 끄는 것이 어지간히 얄미웠던가 보다. 그뒤로 나는 단 한 번도 테니스를 쳐본 적이 없다. 테니스코트에 나갔어도 내가 친 건 여전히 탁구였다.

대학을 졸업하기 직전, 시로 등단한 뒤(요즘에는 대학 재학중에 어디에 등단하면 장학금도 주고 총장과 악수도 하고 그런다는데 나는 그런 대접을 받은 적이 없고 받을 수도 없었다. 등단 두 달 만에 졸업했으니까) 내가 가장 많이 들었던 질문 중 하나가 이런 것이다.

"시를 쓰신다? 전공이 국문학인가요?"

"아닙니다. 법학입니다."

"잉? 법학? 법학 하는 사람이 고시는 안 하고 어떻게? 아하, 고시가 안 되니까 공부를 하다가 바꿨구만. 나도 옛날 절에서 공부할 때 그러는 사람들 많이 봤소. 공부해도 안 되니 문학 한다 하대."

내가 잠자코 있으면 그다음 질문은 보나마나 어느 대학 나왔느냐로 이어지고 "아이고, 그 좋은 학교 법대씩이나 나와서 시나 쓰고 있다는 말이오?" 하고 시와 나의 모교와 법학과 내 인생 전체를 욕보인다. 그런 경우에 나는 그렇게 말하는 상대의 학교, 전공, 직업, 인생에 대한 일체의 관심을 나타내지 않고 함구함으로써 '부작위적 보복'을 하곤 했다. 소설을 쓰게 되고 나서도 사정은 크게 달라지지 않았다. 정말 법 없이도 살 사람들이 오히려 그런 소리를 자주 한다. 법대로 한다면 명예훼손으로 고발을 하고 싶지만 참으며 살고 있다.

법과 마찬가지로 문학 또는 시, 소설, 영화, 테니스 그 어떤 장르든 인생에 관한 진실을 담고 있다. 나는 그 진실을 찾는 법을 대학에서 배웠다. 대학은 내게 사람을 존중하는 법을 가르치고 존경할 만한 사람이 아직 세상에 많다는 것을 보여주었다. 대학은 야구와 농구, 아이스하키, 테니스, 탁구를 알게 해주었고 응원단과 따로 떨어져서 중간에 있다가 양쪽에서 날아드는 빵 봉지에 맞아 양복이 엉망이 되었을 때 인과응보에 관해 생각해보라고 가르쳤다. 대학은 사람을 알게 해주었고 사람을 만나게 했다.

나는 대학 안에서 성원근, 조성룡, 기형도, 이주원 등과 접붙었다. 하지만 그들과는 이승과 저승의 경계를 사이에 두고 지금 헤어져 있다. 대학은 그들 중 어느 한 사람의 삶이라도 대학을 포함한 이 세상 그 어떤 것보다 가치가 있다는 것을 내게 무겁고 엄하게 가르쳤다.

겨울 눈밭을 보며 나는 울었네

텔레비전을 보다가 나는 갑자기 눈시울이 뜨거워졌다. 몇 년 전의 일이다. 눈시울이 뜨거워진 것도 몇 년 만의 일이었다. 왜 눈시울이 뜨거워졌는가. 그 이야기를 할 참이다.

그 프로그램은 어느 방송사에서 창사 기념 특집으로 야심차게 기획한 것이었다. '몽골 리포트'라는 제목으로 바이칼호에서 남아메리카까지 따라가며 몽골 인종의 탄생과 이동의 흔적을 찾고 있었다. 그들의 노고에 눈시울이 뜨거워졌는가. 그 방송사에 다녔거나 그 방송사의 소유주거나 그 프로그램에 참가했다면 그럴 수도 있겠지만 나는 그런 이유로 눈시울이 뜨거워진 게 아니다.

내가 본 프로그램은 시베리아의 겨울을 다루고 있었다. 어디인지는 모르겠다. 캄차카반도에서 한참 올라간, 베링해에서 한참 내려온 중간 지점 어딘가에서 제작팀은 탱크를 타고 내륙으로 들어간다. 왜 탱크를 탔는가. 워낙 추워서 차는 움직일 수도 없었고 구소련이 망한 이후로 탱크를 개조한 택시가 흔했기 때문이다. 며칠을 설원을 달린 끝에 일행은 순록을 방목하며 사는 몽골 인종의 후예인 축치족 일가를 만난다. 그리고 거기서 며칠을 묵으며 그들의 생활을 카메라에 담는다. 알다시피 여기까지야 울 일이 없다.

이들 유목민의 천막은 순록의 가죽으로 만들어져 있다. 시베리아의 한겨울에도 집 한 칸 없이, 이불도 난로도 없이 살아가는 순록이니만치 순록의 가죽은 보온재로는 그만이다. 파오처럼 단순하게 생긴 천막 안에 부부와 자식들, 그리고 노인이 사는데 주변에 있는 나무를 꺾어 와서 난로에 불을 피우고 음식을 해먹었다. 그 추위에도 나무가 자라느냐고? 그렇다. 시베리아에도 여름이 있다. 그 짧은 여름 동안 꽃이 피고 흘려보낸 계절을 보상받으려는 듯 나무가 빠른 속도로 자란다. 기나긴 겨울이 되면 그 나무는 잎을 떨어뜨리고 쥐죽은듯 여름을 기다리는데 사람들은 그 기다림을 꺾어 불을 지핀다. 그것 때문에 열을 받아서 눈시울이 뜨거워졌느냐? 아니다.

그들이 먹는 건 순록의 고기다. 순록은 엄청난 체지방을 가지고 있다. 시베리아 축치족은 바로 그 체지방을 제일 맛있는 부위로 여긴다. 겨울에는 몸의 70퍼센트까지 체지방 비율이 높아진다고 한다. 믿거나 말거나. 아이 하나가 기름덩어리를 입에 욱여넣은 뒤 손가락을 쪽쪽 빨아먹는다. 마치 내가 옛적에 엿을 먹던 것처럼 그렇게. 그게 눈물겨우냐고? 아니, 내가 눈물을 못 흘려서 환장한 사람처럼 보이는가.

영하 30도, 아니 40도의 혹한 속에서도 사람은 잠을 잘 수 있다. 취재팀은 영하 50도에서도 견딘다는 닭털, 아니 오리털 침낭에 들어가서 잠을 청한다. 위대한 축치족 유목민 일가는 그냥 순록 털가죽으로 만든 이불을 덮었다. 유목민은 코를 골며 태평스럽게 잠을 자지만 같은 몽골 인종인 취재팀은 침낭 안에서 밤새 부들부들 떨며 잠을 이루지 못한다. 순록의 털가죽도 우수한 보온재지만 유목민들의 체지방 역시 순록처럼 두꺼워 추위를 잘 견디게 해준다. 순록을 키우기 위해 극한의 시베리아에 살고 순록을 잡고 순록을 먹고 순록 가죽으로 집을 짓고 옷을 하고 이불을 덮으며 또한 순록을 키운다. 취재팀은 따뜻한 한반도에 정착한 몽골 인종의 풍습대로 밥을 해먹고 라면을 끓여 먹는데, 그런 식으로 살다가는 며칠도 못 가 얼어죽을 듯싶었다. 그 미움스러움에 화가 났던가. 걱정이 되어서 눈물이 났던가. 아니다. 그들이 거기서 얼어죽었다면 프로그램이 정상적으로 방영될 리가 없었다. 몇 끼 먹지 않아 그들 역시 순록의 고기며 기름에 맛을 들였다. 그렇게 하지 않고서는 살아남을 수 없을 테니까.

이윽고 블리자드가 불어오기 시작했다. 꼭 사람 키만한 높이로 불어서 이동은 물론, 일상생활까지 곤란하게 하는 바람이었다. 블리자드가 그칠 때까지 취재팀은 묶여 있을 수밖에 없었다. 유목민들은 태평이었지만 취재팀은 안달이 났다. 몽골 인종이 시베리아에만 사는 것도 아닌데, 아직 찾아갈 곳도 많은데 거기서 무한정 기다릴 수는 없었다. 내가 그것 때문에 안타까워서 눈물이 났다면 나를 정말로 잘못 봤다.

블리자드가 그치고 이웃에 사는 사위인지 딸인지가 찾아왔다. 이웃이라고는 해도 수십 킬로미터 이상 떨어져 사는 고로 한 해에 몇 번 보기도 힘들다. "벗이 있어 먼 곳에서 찾아오니 이 또한 즐겁지 않느냐有朋自遠方來不亦樂乎"는 따뜻한 나라 한족 사람이 만들어낸 문자임을 실감케 하는 장면이었다. 그러다가 우연히 알게 된 것은 시베리아 몽골 인종의 평균 수명이 쉰에도 미치지 못한다는 것! 그렇게 딱하고 힘겹게 살면서도 쉰을 넘기지도 못하다니. 그래서 내 눈에서 눈물이 저절로 흘렀다고 생각하면 아직 멀었다.

어떻든 그들은 낙천적이었다. 웃음이 흔했다. 얼음의 감옥이나 다름없는 곳에서 매일 보는 게 그 얼굴이니 지겨울 법도 하건만 오히려 서로를 사랑하고 중하게 여겼다. "있을 때 잘해"라는, 한반도에서 한때 유행한 말을 갖다 바치고 싶은 장면이었다.

시베리아의 몽골 인종과 헤어진 취재팀은 탱크를 타고 맹렬하게 달려서 도시로 돌아왔다. 목욕도 하고 음식점에서 밥도 사먹고 서로 고생했다고 위로도 했을 것이고 "나 죽다 살아났어" 하고 집에 전화도 걸었을 것이다. 그러고는 비로소 나를 울릴 만한 일을 했다. 시베리아 유목민의 장례식 장면을 찍은 비디오테이프를 구해 프로그램의 후반에 삽입한 것이다. 그 장면은 이렇다.

한 사람이 죽었다. 부음이 알려지자 사람들은 수십, 수백 킬로미터나 되는 설원을 생명의 위험을 무릅쓰고 달려왔다. 죽은 사람은 설원 위에 놓인다. 어른과 아이, 남자와 여자, 곧 죽을지도 모르는 노인과 아직 죽을 때를 생각해보지도 않았을 청년이 모두 죽은 사람을 둘러싼다. 그들은 오랜 전통대로 시신을 나눠 먹는다. 그때부터 내 눈에는 뜨끈한 무엇인가가 괴기 시작했다. 그건 괴기, 엽기, 사체 모독이 아니었다. 내가 알몸으로 태어나서 사는 동안 얻은 것, 가진 것을 모두 남기고 간다! 이윽고 남은 시신을 가운데 두고 사람들은 원을 그리며 돌기 시작했다. 한 사람이 노래를 불렀다.

"당신이 먼저 가셨군요. 그러나 우리는 당신을 바로 곁에 있는 것처럼 생각합니다. 우리도 곧 당신이 있는 곳으로 갈 겁니다. 당신을 사랑합니다."

그런 내용이 아니었을까. 하여튼 나는 울기 시작했다. 아득한 설원에 울려퍼지는 노랫소리, 사람의 무리, 신비롭고 깨끗한 눈밭. 영원히 썩지 않는 시간.

겨울이 되면, 그것도 한파가 몰아치는 한겨울이 되면 나는 늘 그 눈밭을 떠올린다. 거기서 죽고 싶다.

금샘을 찾지 못하였네

제주에서 배를 타고 완도에 왔다. 갈 곳도 없었고 오라는 데도 없었다. 한겨울인데도 눈이 보이지 않았다. 역시 남도였다. 파릇한 보리싹이 먹음직스러워 보여서 이상하게 여겼는데 그 지방에서는 보리싹을 뜯어 된장을 풀어넣은 국을 끓여 먹는다고 했다. 땅끝 해남의 달마산 미황사로 가는 보리밭 사잇길로 나는 홀린 듯 넋을 앗긴 듯 들어갔다.

동백이었던가, 차나무였던가. 잎새가 새파란 나무가 팔을 벌리고 나를 맞았다. 요사채에서 공부를 하는 학생들 틈에 끼어들었다. 아침 6시에 공양을 하고 대웅전의 차디찬 마룻바닥에 머리를 대고 엎드려 있었다. 이따금 눈이라도 오면 노루가 내려온다고 했다. 노루처럼 절에 기대었다. 노루처럼 달마산으로 뛰어올라가 금샘을 찾았다. 인연이 닿는 자에게만 보인다는 금샘은 나와는 인연이 없는 모양이었다. 과학기술원에 들어갈 공부를 한다는 학생은 금샘이란 사리 때에 바다의 수준水準이 올라가면 지하수가 밀려올라 나타나는 것이라고 했다. 그건 인연이 아닌가.

개울물이 흘러오는 동굴에서 어느 노승이 면벽을 하고 있다는 이야기를 들었다. 달마의 참뜻을 깨우치려고 화식火食을 끊고 언제부터인지 모르게 동굴에 혼자 머물고 있다는 것이었다. 달마가 그의 금샘인가. 노스님은 금샘을 찾았을까.

차맛을 알게 되었다. 물을 달이고 식히는 과정이 신기했다. 알맞게 식히지 않으면 떫다. 너무 식히면 맛이 제대로 우러나지 않는다. 물이 끓어오르는 소리를 들으면서 조급해진 마음이 물을 식히면서 따라 식었다. 매일 수십 잔의 차를 마셨다. 차만 마시다시피 했다. 만약 금샘의 물로 차를 달일 수 있다면, 완당옹이 말한 '묘용시수류화개妙用時水流花開'에 미칠까 못 미칠까. 궁금했다.

산에서 내려오기 전에 눈이 몹시 왔다. 몇 년 만에 처음으로 대설주의보가 내렸다. 보리싹이 눈 속에서 더욱 새파래졌다.

내 몸 어딘가에 금샘이 있을 것이다. 아니라면 내 인연 속 어딘가에 금샘이 있을 것이다. 그것도 아니라면 내가 머물렀다 가는 삼라만상이 언젠가 수준을 높여 금샘을 드러나게 해줄 것이다.

그 금샘을 아직 찾지 못하였다. 그 금샘이 어디 있는지는 알게 되었다. 땅끝, 해남, 달마산, 미황사.

소쇄원

살풋 눈이 내렸다. 두고 온 서울에서는 눈 때문에 차와 길이 서로 얽혀 엉망이라는 소식이 들려온다. 이곳의 눈은 변덕스러운 소년과 같아서 가볍게 흩날리다 싫증이 난 듯 그쳐버린다. 수척한 낯빛의 겨울 들판에 순한 바람이 분다.

야트막한 정자들과 팻말이 나타난다. 생각 없이 마을 이름을 지나치면 멀리 무등산의 상봉이 보인다. 여인네의 치맛자락과도 같은 산자락이 천천히 하계로 내려오고 있다.

담양. 못潭과 햇볕陽의 고을. 이따금 대나무밭의 시퍼런 빛깔이 걸음을 멈추게 한다. 대나무는 뜻을 굽히지 않는 이들의 상징이다. 또 이곳은 대나무로 만드는 물건의 집산지로 지리서에 나와 있다.

정작 이곳은 무엇보다 정자와 누각, 동산의 고향이라 할 만한 곳이다. 면앙정, 송강정, 식영정, 명옥헌, 환벽당, 취가정, 소쇄원 등등이

겨울밤 별처럼 박혀 있다.

정자란 집의 한 종류다. 벽이 없이 기둥을 세우고 지붕을 얹은 집. 이런 집은 놀거나 모이기 위해 세우게 마련이다. 벽이 없으면 사방을 바라볼 수 있다. 팔방에서 햇빛이 어떻게 사물의 하루를 거두어 가는가를 알 수 있다. 정자는 여유와 관조의 다른 이름이다.

담양. 못과 햇볕이 많으니 당연히 예부터 농사가 성하고 열매가 풍성하였을 것이다. 따가운 햇볕 아래서 김을 매는 사람에게 시원한 정자 그늘은 얼마나 큰 위안이 되었을까. 여기서 정자는 사치가 아니라 위안이며 은일이 아니라 생활의 한 부분이다.

다만 이 근방의 이름난 정자나 동산은 그 이름이 암시하는 대로 지식인과 선비들이 모여 놀던 곳이다. 이름 없는 정자는 80년대에 나무 무늬를 넣은 콘크리트로 흉칙하게 세운 다른 정자와는 달라서 삭아가는 나무며 흔들거리는 서까래가 남아 있다.

동행한 작가 원元과 이런 얘기를 나누면서 인적이 드문 들판을 가자니 문득 아담한 식당 표지가 눈에 띄었다. 주변에 저자가 없어 점심을 거를 각오를 하고 있었던 터라 주저없이 화살표가 그려진 짧은 소로로 접어들었다. 여염집처럼 대문과 추녀가 있고 아름다운 뜰이 있어 앞에 세워진 차들이 없었다면 들어가기가 망설여질 법도 했다. 막상 들어가니 맞아주는 사람은 안경을 끼고 말소리가 낮은 중년 여인이었다.

정갈하고 넓은 방에 안내를 받았지만 응당 있어야 할 식탁이나 상이 없었다. 마침 원군은 화장실에 갔고 물주전자를 들고 온 여인은 인원이 몇이냐고 묻더니 주문도 받지 않은 채 방석을 놓고는 나가버렸다. 마당에는 고양이와 개가 얽혀 놀고 있었다. 단풍나무가 아직 떨어지지 않은 잎을 몇 매달고 가늘게 흔들리며 겨울 해를 받아 마당에 희미한 그림자를 짓고 있었다.

이윽고 여인네 둘이 마주 받들어 상을 들여왔다. 주문을 기다리던 우리 두 사람은 그 순간 눈을 마주쳤다. 알고 보니 이 집에 들어오는 사람은 모두 한 가지 밥상을 받는 모양이었다. 그런데 상 위의 그릇 수가 수저 수에 비해 너무 많았다. 밥을 먹으면서 우리는 두 사람 다 크고 작고 높고 낮으며 둥글거나 네모진, 사기와 유기로 만든 모든 그릇에 숟가락이나 젓가락을 대야 한다는 의무감에 시달렸다. 그러고는 약속이나 한 듯이 그릇 수를 세기 시작했다. 고추만 가지고도 장아찌와 졸임, 볶음, 튀김이 있었고 고춧잎 튀김, 무침 등 대여섯 가지의 변주가 있었다. 마흔여섯인가, 여덟인가. 좀처럼 그릇 수를 맞힐 수가 없었다. 간신히 우리가 마흔일곱으로 합의했을 무렵, 다시 식혜를 담은 두 개의 식기가 들어왔고 보리밥 한 공기가 상 옆에서 발견되었다. 그리고 우리 두 사람이 먹은 밥그릇이 그 숫자에서 제외되었으며 국이 빠졌다는 사실은 계산 후에야 깨달았다.

그리고 몇 마장 지나 식영정이었다. 조선의 대시인 송강 정철이 십여 년을 머물렀다는, 그의 첫 작품인 「성산별곡星山別曲」을 썼다는 식영정. 머물러 쉰다는 식息과 그림자라는 영影에 대해, 원군은 '그림자도 쉬는 정자'로 해석했고 나는 '쉬다가 그림자가 되어버린 정자'로 해석했다. 정자에 오르니 얼음이 얼지 않은 광주호가 눈앞에 있었다.

그림자란 달의 그림자다. 해가 만드는, 뚜렷하여 야박한 그림자는 식영의 안중에 없다. 쉬는 그림자란 달이 서산으로 기울며 드리우는 길고 긴 그림자를 이른다. 그림자가 쉰다. 그림자가 완전히 쉬는 상태는 달이 지고 난 뒤의 어둠을 말하는 것이리라. 이 정자의 주인은 자신을 달빛에 비추어볼 줄 알았다. 달빛에 비친 산그림자, 물그림자가 자신인 줄 알았다. 이런 생각과 글이 조선시대 가사문학의 대표적인 작품들에 들어 있다. 이곳은 또 가사문학의 고향이기도 한 것이다.

사오 분을 갔을까? 대나무숲. 그 안에 들어서면 엄엄한 푸른 기운에 숨이 막힐 듯하다. 가만, 이런 숲은 제주도에서 본 적이 있다. 그건 소나무였다. 제주도의 해송은 뭍의 소나무가 그러하듯 뒤틀리고 옹골지게 주저앉든가 훤칠하게 뻗어올라가든가 하는 것과는 달리 잎이 기름지고 촘촘한데다 가지가 많다. 훤칠하고 촘촘하다. 숲에 들어서면 나무 발치에 자라던 풀이 무릎을 휘감고 푹푹 빠지는 바람에 어지간한 나그네라면 몇 발 걷다가 지레 포기하고 만다.

아니다. 소쇄원 입구의 대나무숲은 사람이 숲에 들어오는 것을 물리치지 않는다. 숲의 바닥은 오는 사람을 일부러 마중나오는 듯 정갈하다. 얼음이 밟히면서 마치 나뭇가지가 부러지는 듯한 소리를 내 숲의 정적을 부서뜨린다. 먼 데서 불어가는 것처럼 쏴쏴, 소리를 내는 것. 실은 이미 숲에 들어와 소요하는 바람이다.

양쪽에 숲을 두고 길을 따라 언덕을 오르면 길쭉한 계곡이 보인다. 폭포일까. 아니, 소리를 내지 않는 물이 계곡의 바닥을 흐르고 있다. 춤추는 여인네, 휘어져 올라가는 허리처럼 늘씬한 노송. 이건 선비의 마음 풍경인가, 아니면 은자나 도사의 그것인가.

마음에 드는 담이 기우는 햇빛을 받고 있다. 눈이 저절로 담에 쓰인 글씨에 머문다. 애양단愛陽壇. 볕을 사랑하는 담이란 뜻일까. 아니면

볕을 사랑하여 그 앞에 기대 있기 위해 세운 담이란 말일까. 담을 세운 이는 말이 없다.

소쇄처사 양산보. 매대梅臺에 드높이 송시열이 쓴 소쇄처사 양공지려梁公之廬라는 문패대로 이 동산은 그의 거처였다. 처사란 들과 산에 파묻혀 나서지 않는 선비를 이르는 말이다.

제월당霽月堂. 비가 갠 뒤 맑은 달의 집이다. 이곳에 오르면 주변의 경물이 한눈에 조망된다. 주인은 맑은 달과 같은 뜻을 기려 이름했으나 초행인 길손의 눈길은 어쩔 수 없이 담 너머 지곡 마을, 멍석을 매단 채 쓰러져가는 흙집과 그 집 추녀 너머로 기어올라가는 아늑한 산자락을 떠돈다.

동산 너머 달 떠오르는 것을 보리라. 더이상 속세에 마음 쓰지 않으리. 제월당의 서까래 하나하나를 올릴 때마다, 마룻장 하나, 툇돌 하나를 놓을 때마다 누군가 다짐했을 것이다. 그러나 길손은 마당에서 높게 솟아오른 뾰죽한 감나무 가지, 아무도 손대는 사람 없어 발갛게 익은 몇 개 홍시를 먼저 마음에 담는다. 까치가 언제 올까.

제월당 마루를 빙 둘러 소쇄원의 풍광을 찬양하고 세운 이의 뜻을 기리는 마음들이 편액에 걸려 있다. 세 사람이 마주앉을까 말까 한 좁은 방 아궁이에 군불을 땐 흔적이 있다. 사람이 살까. 그럼, 집인데.

뒤안에 서면 뭉쳤던 마음이 툭, 익은 열매에서 씨앗이 튀어나가듯 터진다. 울타리가 없다. 나무 몇 그루 세워놓고 뒤안이라는 존재를, 울타리를 잊어버렸나보다.

제월당에서 대나무숲까지 제법 큰 공간은 비어 있다. 예전에는 집이 있던 자리라고 한다. 고암정사鼓巖精舍, 부훤당負喧堂. 북바위 옆의 수양을 위한 집, 따뜻함에 의지한 집? 하지만 내 마음의 사전은 멋대로 움직인다. 바위를 두드려 북소리를 들을 때까지 마음을 닦는 집, 부엉이 울음소리가 자주 들리는 집.

빈터에 서 있는 늙은 나무들은 죽어 있기도 하고 살아 있기도 하다. 봄의 복사나무, 여름의 벽오동과 목백일홍, 가을의 단풍나무가 철마다 다른 풍정을 안겨주었을 것이나 지금은 가지와 줄기로 겨울을 나고 있다. 겨울의 침묵은 또다른 수묵의 세계다. 채색의 화려함과 분주함을 부러워할 것 없다.

광풍각光風閣이 제월당 돌계단 아래 솟아 있다. 빛과 바람이라니, 소쇄의 산뜻하고 깨끗하다는 뜻과 비로소 어울리는 집이 아닌가. 아래는 계류가 흘러가고 바둑 두고 거문고 뜯기 좋은 자리가 계곡 양안에 있다. 광풍각 안에 들어 있는 소쇄원도瀟灑園圖는 그 옛날 여기에 거처한 선비들이 어떻게 자연과 놀아났는지를 보여준다. 말을 타고 들어오는 선비, 장옷 쓴 여인과 대거리를 하는 선비, 장기 두는 선비, 한담하는 선비, 거문고 뜯는 선비, 그렇구나, 그렇구나. 여기는 선비들의 공동체였다.

무릇 선비란 학문을 하는 사람, 또 학식이 있으되 벼슬길에 나서지 않는 사람을 일렀다. 능력은 있으되 세속적인 명리를 탐하지 않아 고아하고 뜻의 집을 지어 꿋꿋하다. 하지만 그 이면에는 생활의 곤궁과 뜻이 이루어지지 않는 데 대한 울분이 있었으리라. 현자를 사숙하고 공맹의 도리에서 잠시 비껴 발을 씻어 말리는 곳이 필요했겠지. 이건 책에 있는 이야기나 마음의 고향이 아니다. 실제로 우리가 밟고 가꾸는 동산이다. 마음껏 하루 놀지, 우리끼린데. 시를 하겠나? 취하겠나?

물소리, 바람소리를 듣겠나? 대나무 잎에 빗물 떨어지는 소리는? 거문고, 바둑판, 달, 비, 연못, 안개, 산, 청정, 여기 있네, 여기도.

얇은 얼음이 발밑에서 부서진다. 사진을 찍으러 온 듯 예쁜 신랑 신부가 포즈를 잡고 있다. 눈을 깜빡이면 못 쓴다고 사진사가 나무란다. 신부는 자꾸 눈물이 난다고 조그맣게 대답한다. 아름답고 젊은 날이다. 이 뜨락도 젊고 아름다운 때가 있었을 것이다. 다시는 세속에 발을 헛디디지 않겠다는 다짐도 오갔을 것이다. 그 아름다운 맹약은 어디로 가고 담이 남고 돌 위에 쌓은 집만 남았다.

계곡 상류 쪽으로 담 한구석이 열려 있다. 원래 문(五曲門)이 있던 자리라 한다. 그런데 가만히 보면 담 밑으로 물이 흐르고 있다. 담이 허물어져 물이 흘러드는 것이 아니다. 원래 담을 세운 이는 물속 바위에 오층으로 돌을 쌓고 기다란 돌 두 개를 맨 위에 놓아 담을 받치게 했다. 문은 아무 상관이 없었던 것이다.

물은 여전히 흐른다. 흘러 개울을 이루고 연못을 채우며 아래로 아래로 흘러간다. 이 흐름만으로 눈시울이 뜨거워질 수 있는 사람이다. 그래서 담으로 물을 막지 않았을 것이다. 그는 흐르는 물을 본다. 사시사철 흐르는 물을 보고 또 본다. 끊임없이, 끊임없이 세게 약하게 거칠게 부드럽게 물은 흐른다. 물이 내 안에 흘러와 마음을 고즈넉이 흘러가도록 버려둔다.

흘러라, 인연이여, 역사여.

거죽뿐인 육신을 더듬거리는 세월이여.

흘러가거라, 달빛이여, 그림자여, 내 마음이여.

그 사람은 없다. 그의 벗들도 없다. 그 마음, 그의 집이 남았다. 담이 남았다. 눈과 겨울이 남았다. 대나무의 푸른빛이 남았다. 가야 할 눈길이 남아 있다, 내게.

나를 울렸던 책

　내가 열 살 정도 먹었을 무렵, 큰집에 네댓 살 위인 형이 있었다. 그 형은 라디오 연속극 〈전설 따라 삼천리〉에 학교에서 배운 지식을 덧붙인 듯한 이야기를 곧잘 해주었다. 그 형은 왜 그런 이야기를 그렇게 열심히 해주었나. 해달라고 하지도 않았는데. 나는 그게 늘 궁금했다. 나중에야 그런 충동이 유난히 강한 사람들, 어찌할 수 없는 사람이 있고 또 일로 삼는 사람들이 있다는 것을 알게 되었는데, 그 사람들이 바로 소설가였다.

　그 형의 메주 냄새 나는 방, 방바닥에 굴러다니던 책이 있었다. 굴러다니다보니 표지가 떨어져나가고 본문도 여기저기 찢어져서 책 제목이 무엇이었는지 잘 기억이 나지 않는다. 초등학교 학예회의 아동용 연극을 위한 희곡집이었던 건 분명하다. 그 안에 실린 여러 편의 희곡 가운데 '흰 나비를 잡으러 간 소년'인가, '흰 나비를 따라간 소년' 또는 '흰 나비를 찾으러 간 소년'인가 하는 게 있었다.

병을 앓고 있는 내 또래의 소년이 있다. 소년은 늘 어두운 방안에서 기침을 하고 있다. 소년을 돌보는 사람은 소년의 병이 덧날까 싶어 밖에 나가지 못하게 한다. 어느 날 소년이 누워 있는 방안으로 흰 나비 한 마리가 날아 들어온다. 밖에서 비쳐 들어오는 햇살 속에서 나비는 너울너울 춤을 춘다. 소년은 나비가 친구라도 되는 양 기뻐하는데, 사람들은 나비를 내보내고 문을 닫는다. 그뒤로 소년은 늘 나비 이야기를 한다. 내가 아프고 심심한 걸 알고 찾아와준 단 하나의 친구라고. 누가 묻지도 않았는데. 그러던 어느 날 소년은 죽는다. 슬퍼하는 사람들의 울음소리…… 창백한 소년의 얼굴…… 소년은 나비를 잡으러, 나비를 따라, 나비를 찾으러 간 것이다. 나비는 찬란한 햇살이 쏟아지는 봄 들판 위로 날아가고 소년은 나비 뒤를 끝없이 달려간다.

이것이 왜 눈물이 나도록 슬펐는가. 왜 나는 눈물을 흘리고 싶을 때마다 이 책만을 보았는가. 오 헨리의 『마지막 잎새』도 나를 울리지 못했는데, 하늘로 간 선녀 뒤에 남은 나무꾼도 나를 웃겼을 뿐인데. 내가 잘 아는 나비와 어두운 방, 병, 그리고 소년이 있었기 때문이다. 거듭해서 그 희곡을 읽을 때마다 책장은 눈물로 얼룩졌다. 내 마음속에서 소년이 떠나고 난 뒤, 나는 울지 않게 되었다. 내 소년도 나비를 따라갔을까?

벽

내가 어릴 때 밥을 먹으며 가장 자주 쳐다본 것은 방문 위 벽에 붙여놓은 상장 크기만한 인쇄물에 씌어 있는 '주자십회朱子十悔'였다. (지금 네게 밥을 먹여주는) '부모에게 불효하면 죽고 나서 후회한다父母不孝死後悔' 같은, 상당히 노골적인 열 가지 교훈을 담은 주자의 말을 각각 일곱 자의 한문으로 쓰고 그 바로 옆에 친절하게도 독음을 달아놓은 것이었다. 그중에서 내가 제일 깊은 인상을 받은 구절은 '취중망언성후회醉中妄言惺後悔(취하여 망녕된 언사를 늘어놓으면 술 깬 뒤 후회한다)'였다. 그 액자, 그 문자가 무슨 대단한 것도 아니고 가주의 교양과 학식을 과시할 문적도 아닌데 밥을 먹는다는, 가장 본질적이며 현실적인 행위와 맞물려 있어서 그런지 아직까지도 잊히지 않는 감명 깊은 물건이다. 그때 나처럼 감명을 받은 사람들이 지금 도로변 줄줄이 늘어선 '정원(가든)'에 '숭덕광업崇德廣業', '천객만래千客萬來' 같은 뜻 깊은 한문 액자를 걸어놓는지도 모른다.

안채 한가운데 기둥에는 태엽 감는 시계가 걸려 있었다. 근대적 일상성과 적당한 부의 상징물이면서 시간을 알려주는 것. 시계 옆에는 동네 여느 집과 마찬가지로 사진이 빽빽이 들어 있는 액자가 걸려 있었고. 낡은 사진틀에는 집안의 현대사가 집약되어 있었으며 공부하러 간, 돈 벌러 간 자식들에 대한 부모의 애틋함, 돌아가신 조상에 대한 기억이 조각조각, 겹겹이 들어 있었으니 생각하면 그게 예술이었다. 시간, 공간과 느낌을 하나의 면에 응축하는.

개울 건너 다섯 평 남짓한 이발소에 걸린 액자는 집 안의 것에 비해 숫적으로도 많고 내용도 다양했다. 물레방아와 초가집, 그 앞에 한가롭게 모이를 쪼는 닭이 그려진 그림은 이른바 입체 그림이어서 보기에 따라서 색깔과 형상이 변하는 첨단 예술품이었다(나는 한참 후까지도 '입체파'를 입체 그림 그린 사람들로 알았다.) 새끼를 잔뜩 품은 어미 돼지 그림 옆에 풍성한 금발을 휘날리며 초원을 향해 달려가는 가족의 그림도 있었다. "삶이 그대를 속일지라도 혹여 노하거나 슬퍼하지 말라. 내일은 또다른 날이 오리니……"라는 푸시킨의 시가 적힌 수건도 걸렸다. 그런가 하면 손 모아 기도하는 소년 옆에 "오늘도 무사히……"라는 글씨가 쓰여 있기도 했다. 그 당시 이발소에서는 머리만 깎는 게 아니었던 모양이다.

70년대 남자 고등학생 자취방에서 가장 환영받은 초상의 주인공은 올리비아 허시였다. 영화 〈로미오와 줄리엣〉의 여주인공. 긴 머리에 영리해 보이는 이 소녀는 한때 〈사랑의 스잔나〉의 여주인공인 홍콩 배우 진추하와 때문은 자취방 벽을 놓고 치열한 영토 분쟁을 벌였다.

난 자취방에 배우 포스터를 걸어놓기 위해 시골에서 부쳐온 부모 돈을 축내는 아이들을 이해하지 못했지만 포스터에 손자국은 자주 내주었다. 문제는 실용이었으니까.

요즘은 금고에 보관해야 할 값비싼 그림, 주인의 성품이나 인격과는 무관한 한시를 적은 글씨, 박물관에 어울릴 골동품을 벽이 비좁게 갖다붙이는 모습을 자주 보게 된다. 실용주의는 가고 예술지상주의가 득세하고 있는 것인가. 시베리아로 유형 온 딱한 처지도 아니면서 웬 벽난로들은 그렇게 만들어 붙이는지.

난 그냥 맨 벽이 좋다. 이따금 물구나무를 설 수 있으니까.

자전거와 나

　중학교 들어가기 직전에 자전거를 배웠다. 정확히는 자전거 타는 법을 익혔다. 맨 처음 내 발로 페달을 밟아 온몸을 자전거에 실어 쑥쑥 나아가게 할 때의 그 환희는 지금도 생생하게 온몸의 근육 곳곳에 기억되어 있다. 내가 처음 탄 자전거는 어린이용 세발자전거도 아니고 청소년용의 가볍고 날렵한 자전거도 아니고 선수용이나 산악용 자전거는 더구나 아니었다. 어른들이 어깨에 삽을 메고 한 손으로 타고 다니다가 논의 물꼬를 트고 막던, 안장 뒷자리의 짐수레가 안장보다 더 큰 농업용 자전거였다. 그 당시 내가 살던 시골에서 자전거를 탄다 함은, 자전거가 운행할 수 있는 큰 도로는 물론 자전거가 진입할 수 있는 모든 꼬부랑길과 논두렁 밭두렁에 대해서도 어지간히 알고 있어야 하고 자전거가 고장났을 때 응급조치를 할 수 있다는 것을 의미했다. 튜브에 구멍이 난 것 같은 간단한 고장은 집에서, 고장을 낸 당사

자가 직접 수리했다. 자전거를 기계라 할진대 내가 그뒤로 소유 내지
는 애완하며 일상적으로 사용하는 모든 기계에 대해 비슷한 태도를
취하게 된 건 당연한 일이다. 입에 대는 최초의 음식이 일생의 입맛을
결정하듯 나는 자전거를 모든 기계의 원조, 바로미터로 삼았다.

자전거를 배운 지 1년 만에 서울로 왔다. 내게는 포장된 골목길에
서 버스가 다니는 도로, 수많은 가게와 기계를 품은 도로 자체가 흥미
로운 기계로 보였다. 그래서 나는 남의 자전거를 훔쳐 타고 주말이면
아침부터 저녁까지 새로운 기계의 내부를 탐험하기 시작했다. 그 시
스템에 대해 어지간히 알고 나서야 나는 안심을 하고 버스를 탈 수 있
었다.

그다음에 나는 손목시계를 예닐곱 개 망가뜨렸다(수동·자동·전
자·디지털·탁상·기둥과 같은 접두어를 단 시계들). 그 결과 시계에
관해 다 알게 되었던 건 아니지만 적어도 선물로 받은 비싼, 특히 남의
시계를 함부로 뜯어서 좋은 소리를 들을 수 없다는 건 알게 되었다.

한번은 전자공학과에 다니던 삼촌이 조립한 오디오에 불을 냈다.
그래서 오디오—대학생이 청계천에 나가서 사온 부품을 조립한 전
축—는 저절로 불이 나는 게 아니고 누군가 불을 내야 불이 붙는다는
것을 알게 되었는데 그 엄청난 지식을 얻는 과정에서 맞아죽지 않은
것은 순전히 삼촌의 관대한 성품 덕이다.

또다른 기계들, 라디오·야외전축·전기기타·카메라·타자기·텔
레비전·비디오·녹음기·오토바이·보일러·무전기·총(소총·권총·
기관총·엽총)·퍼스널 컴퓨터·전화기(공중전화기 포함)·자동차에
대해서는 더이상 말하기도 지겹다.

요즘에 이르러 분명히 내 곁에 두고 쓰고 있는데도 원리며 작동법을 알 수 없는 기계가 많이 늘었다. 설명서를 보고도 무슨 말인지 이해할 수 없는 경우가 있고 제조사 고객센터의 설명을 들어도 뭔지 모를, 왜 있는지 모를 기계들이 차고도 넘친다. 가끔 부수고 뒤엎지만 여전히 잘 모르겠다. 어떤 건 부숴지지도 않고 뒤집히지도 않는다. 참다가 정 모르겠으면 그 기계를 남에게 줘버린다. 주고받을 수 없는 건 관심을 딱 끊어버린다.

기계에 대해 꼭 알 필요가 있느냐고 사람들은 말한다. 나는 자전거 때문에 할 수 없다, 모르면 친해지지 않는다고 대답한다. 사람들은 또 기계를 잘 안다고 그것과 결혼할 것도 아니고, 그것으로 먹고살 것도 아니지 않느냐, 더구나 세상에는 기계만 있는 게 아니다, 사진보다 실물이 나은 자신에게도 관심을 가져보라고 충고한다. 맞는 말이지만 나는 어쩔 수 없다. 내 안에는 동그란 자전거 바퀴가 여전히 구르고 있기 때문에. 새하얀 바큇살에 햇빛 알갱이가 튀고 체인에서 연갈색의 신선한 기름이 묻어나는, 예전보다 두 배쯤 커진 엉덩이도 넉넉히 얹을 수 있는 자전거가 있기 때문에.

심심하면 우주선이 대기권 밖으로 뛰쳐나가고 하루 수만의 웹사이트가 생겨나는 세상이지만 자전거 바퀴가 구르는 한은 안심이고 무고하다, 나는.

다방

고향을 다녀온 친구에게서 시골에 다방이 사라져간다는 이야기를 들었다. 계란이 딸린 모닝커피가 있는 다방, 낡은 소파와 그날의 운세를 볼 수 있는 재떨이가 있는 다방, 차 한잔 사달라며 옆자리에 털썩 주저앉는 '레지'가 있는 다방을 찾기가 그렇게 어렵더라는 것이었다. 그리하여 젊은 시절 아침부터 저녁까지 다방에서 죽치던 지금의 40대와 50대는 이제 갈 데가 없게 되었다고 그는 서글프게 말했다.

내가 20대였을 때 가던 다방은 대체로 '음악다방'이었다. 당시 음악다방은 디스크자키가 팝과 가요를 트는 음악다방과 서양 고전음악이 나오는 클래식 음악다방으로 나눌 수 있었다. 그리고 마지막 종류의 다방이 있었으니 '학림'이었다.

학림이란 이름을 가진 곳은 아직 있다. 그렇지만 내가 말하는 학림은 1979년 말과 80년의 학림다방이다.

그때 음악을 좋아하는, 아니 경애하는 선배가 있었다. 아침에 강의를 받으러 올라가다 중간에 그를 만나면, 또는 비라도 한두 방울 떨어지기 시작하여 그 주술에 사로잡힌 내가 그의 자취방으로 찾아가면 우리는 함께 205번 버스를 타고 학림으로 갔다.

삐걱거리는 목조계단을 올라가면 창가에 따로 놓인 탁자 앞에 어느 소설가 지망생이 두툼한 자신의 소설 원고를 펼쳐놓고 고쳐 쓰고 있다. '오디오 박스'에는 낡은 전축과 전축보다 더 낡아 보이는 LP판이 꽂혀 있는데 그중 하나가 플레이어에서 돌아가는 중이다. 디스크자키 대신 칠판이 있었고 LP를 고른 사람이 백묵으로 곡명과 작곡가, 연주자를 쓰는 게 보통이었다. 운이 좋아 우리에게 차례가 돌아오면 'Also Sprach Zaratustra'라고 칠판에 쓰고 줄을 하나 그은 다음 R. Strauss의 이름을 쓸 수 있었다. 그러고 나서도 아무도 신경을 쓰지 않으면 슈베르트의 연가곡과 베르디의 레퀴엠을 들을 수도 있었다. 그걸 다 듣고 나면 반나절 만에 일생을 경험한 듯 영혼의 배는 잔뜩 불러왔으되 육신의 허기는 참을 수 없을 지경이 되었다. 학림다방 건물 옆으로 나 있는 골목 안쪽에 나이 지긋한 아주머니가 하는 식당이 있었다. 그곳에 가서 라면 그릇으로 막걸리를 한 되씩, 숨도 거의 쉬지 않고 마신 뒤에 혹 거기서 그치지 않고 안주 겸 식사로 라면을 먹고 나면 차비가 없어 신촌에 있는 학교까지 걸어가야 했다. 학교에 도착하면 당연히 강의는 모두 끝나 있었다. 도서관에 득시글거리는 모범생 가운데 한두 명을 꾀거나 납치하여 시장통의 순대국집으로 가서 아무 이야기나 하고 또 하다보면 푸르고 아름다운 하루가 끝나곤 하던 것이었다.

클래식하고 아름다운 것이 대개 그러하듯 그 시절의 학림 역시 사람들의 기억 속에 안치되어 있다. 그러므로 더이상 낡지도 않고, 빨리 흥하고 번개처럼 망하는 시속 때문에 주인이 바뀌는 법도 없다. 그리하여 불후하도다, 학림다방.

타자기와 나

나는 필기구를 좋아한다.

글 쓰는 일을 하기 전부터 그랬으니 직업 때문만은 아니다. 글, 그 중에서도 시를 쓰기 시작하면서 나는 타자기를 샀다. 그전까지는 굵은 글씨가 부드럽게 써지는 볼펜을 주로 사용했다. 내가 쓰는 글의 대부분은 연애편지였고 연애편지를 쓸 때는, 아무에게나 줄창 써댈 때는 술술 써지는 튼튼한 볼펜이 가장 알맞았다.

그런데 어느 날 부탁하지도 않고 약속하지도 않았는데 어느 친구가 나타나, 글씨만 보아도 시가 어느 정도 수준인지, 어느 정도 수련을 했는지 알 수 있는 법인데 네 글씨는 전혀 시적이지 않다고, 대서소 사법서사, 혹은 지금은 사라진 직업인 필경사筆耕士 내지는 초등학교 교과서에 나오는 스크루지 영감의 조카인 서기의 글씨체를 연상케 한다고, 시로써 입신하려면 일단 양부터 많아야 하는데 너는 스물하고도 대여섯 살이나 더 처먹도록 시의 시옷 자도 몰랐으니 지금부터 남들 두 배는 써야 할 것이라고, 그런 걸 알면서도 가만히 있을 작정이냐는 등등의 지적을 하는 것이었다. 거듭 말하지만 그렇게 충고해 달라고 부탁하지도 않았고 앞으로 시를 쓰겠다고 약속하지도 않았다. 그 친구야말로 필경사의 대왕 같은, 차트에나 어울리는 글씨체를 구사하고 있었다. 내가 그렇게 꾸짖자 자신은 그런 서체는 학점과 관련된 시험에나 사용한다, 시를 쓸 때는 다르다고 말하면서 당장 대여섯 가지의 서체를 보여주는 것이었다. 낭만적인 시에 쓰는 서체, 클래식한 시에 알맞은 서체, 즉흥적인 영감에 의한 시의 서체, 신춘문예 심사위원들이 좋아하는 서체, 여학생용 서체(이건 두 종류로 나뉘는데 여학생에게 보여줄 서체와 여학생이 쓸 법한 서체), 화장실 낙서처럼 보이는 서체, 낙서인 서체…… 진절머리가 난 나는 누가 쳐도 똑같은 글씨가 나오는 타자기를 사겠다고 결심했다.

나는 최초로 쓴 시로 받은 원고료를 들고 서울하고도 을지로2가 지하상가의 사무기 취급점으로 가서 보기에도 웅장한 타자기를 샀다. 그게 바로 레밍턴, 기관총 만드는 회사 레밍턴에서 만든 전동타자기다. 검은색과 붉은색 두 가지로 타자를 할 수 있었고 말 그대로 전기의 힘으로 움직이기 때문에 손가락에 큰 힘을 주지 않고도 기관총처럼 빠르게 글자가 찍혔다.

일단 전원을 연결하면 탱크의 캐터필러에서 날 것 같은 소리가 음산하게 들리기 시작한다. 한 줄이 처지면 간단한 키의 조작으로 포탑이 움직이듯 철커덕, 하고 원래의 자리로 돌아오게 되어 있다. 후우웅……타타타타타타타타타……철커덕……투타타타타타타……철커덕, 콰쾅. 그렇게 해서 무수한 문자와 글과 이야기가 생겨나고 사라졌다. 하염없이, 거침없이, 쉼없이.

레밍턴 전동타자기로는 16절지 같은 일반 용지에 타자하다보면 종이 갈아 끼우기가 꽤 번거로웠다. 그래서 폭이 대략 30~40센티미터, 길이가 50센티미터에서 1미터까지 대중없는 두루마리를 구해서(누이가 근무하는 병원 엑스레이실에서 나온 종이였다) 타자를 했다. 그 화끈한 두루마리 두어 장이면 단편소설 하나는 충분히 나왔을 것이다. 아쉽게도 그때는 소설을 쓸 생각을 하지 못했다.

자나깨나 밤낮없이 타자기를 두드리며 세월을 보내던 차, 어느 날 글자판이 떨어져나갔다. 원래 영어 글자판이 붙어 있던 곳에 한글 글자를 본드로 붙였던 모양인데 하도 장작 패듯 두드려대니 떨어지지 않을 도리가 없었을 것이다. 본드를 사다가 붙여가며 한 장 쓰고 떨어지면 또 붙이고 쓰고 하다가 얼떨결에 자판을 외우게 되었다. 그런 일이 없었다면 지금까지 자판을 외우지 못했을 것 같다.

그러던 어느 날 난데없이 타자기에서 연기가 피어올랐다. 타자기가 굴뚝으로 변신한 건 아니고 엔진이 과열되었던 것이다. 판 곳에 전화를 했더니 수리를 할 수 있는지는 모르겠지만 일단 들고 오라고 했다. 그런데 무게가 거의 30킬로그램이나 나가는 놈을 들고 가는 게 문제였다. 사가지고 올 때는 한 번만 들고 오면 되려니 하여 어찌어찌 등짐을 지다시피 해서 왔었다. 하지만 고치러 갔다가 고치면 2회, 못 고치고 버리게 되면 1회, 하여 확률상 1.5회의 등짐을 져야 하니 못할 일이었다. 그래서 눈물을 머금고 그 타자기를 힘이 좋아 보이는 후배에게 주었다. 후배는 공짜로 받은 타자기를 수리하는 데 일주일 정도의 시간과 내가 구입한 가격의 반쯤 되는 돈을 들였다고 했다. 힘이 좋아 보였을 뿐, 정작 힘이 좋은 건 아니었던 모양이다. 나를 볼 때마다 이를 드러내며 원망을 하는 것이었다.

그다음에 나는 친구 애인의 친구가 쓰던 수동타자기를 빼앗아서 써보기도 했고 어느 출판사(그러고 보니 내가 취직한 곳이다) 한 귀퉁이에 비닐 커버가 씌워진 채 놓여 있던 전자타자기라는 물건으로 시를 쓰기도 했다. '워드'라는 이름의 타자기 겸 컴퓨터 겸 프린터가 각광을 받을 때 나는 워드 프로그램이 들어 있는 PC를 쓰기 시작했다. 지금 나는 최신, 최고속의 프로세서를 장착한 노트북 컴퓨터를 쓰고 있다. 이 모두 필기구이며 사용 가치와 함께 애완할 만한 속성을 가진, 즉 중독이 될 만한 물건이다.

그런데 언제부터인가 필기구가 컴퓨터로 일통되는가 하더니 대세가 되었다. 386, 486, 586, 9600, 33600, 57600, 16, 32, 64, 메가, 기가 하는 숫자들이 헷갈리기 시작했다. 결국 나는 컴퓨터에 흥미를 잃어버렸다. 컴퓨터의 발전 속도가 내 지식과 인식 수준을 초월하고 추월해버린 것이다. 마치 유행가 가사가 갑자기 귀에 안 들어오기 시작한 것처럼, 국가대표 축구선수의 이름이 낯설어지듯.

그렇게 결정이 되고 결판이 난 지금에야, 특별할 것도 없고 고전적인 것도 아니고 한 시대를 풍미한 것도 아니며 사람들의 기억에도 남아 있지 않은, 있어도 없어도 그만이었던 어정쩡한 필기구, 레밍턴 전동타자기가 그리워진다. 그래도 그런 게 세상 어딘가에 몇 개쯤 남아 있었으면 좋겠다. 박물관에 모셔져 있는 게 아니라 누군가가 쓰고 있었으면 좋겠다.

고백건대 나 역시 시시하면서 무겁고, 낡아서 우스워 보이는 것을 날 잡아서 폐기 처분하는 것을 능사로 알아왔다. 남처럼 속도와 새로움을 추구하며 여기까지 왔다. 그런데 그런 추구 자체가 촌스럽고 낡고 시시한 게 되어 내가 혹시 폐기 처분되는 건 아닌가.

지금은 어딘가에서 고철로 녹슬어가고 있을 레밍턴 전동타자기는 나의 친구였다. 어쩌면 일찍이 가루가 되어 원래 있었던 타자기의 대계大界로 돌아가 물신의 반열에 올랐을지도 모를 레밍턴 전동타자기에 내 인생을 맡긴 적이 있다.

시구

가을바람이 일어남이여. 흰구름이 날도다. 초목이 누렇게 떨어지
고 기러기 남으로 돌아간다. 난초는 빼어나고 국화는 향기로워라.
가인을 그리어 잊지 못하노라.

누선을 띄워 분하汾河를 건너는데 중류에 비껴 흰 물결 날리노라.
피리 소리 북소리는 울고 노 저어 노래하니, 즐거움 다한 곳에 슬픈
정이 너무 많아라. 젊음이 얼마이겠는가. 아! 내 늙었구나.

─한무제, 「추풍사秋風辭」『고문진보古文眞寶』
(최동호 엮음, 김달진 옮김, 문학동네, 2000)

한무제는 중국 전한의 일곱번째 황제로 정복과 평정으로 점철되는
화려한 외치, 유교의 진작으로 대표되는 내치로 한나라의 전성기를
가져온 인물이다. 황제치고도 그만한 권력과 영화를 누린 이는 흔치

않을 것이다. 그런 그가 쓴 시의 한 구절이 젊은 날 내 폐부를 찔렀다.

바로 '환락극혜애정다歡樂極兮哀情多'라는 구절이다. 즐거움이 극에 달하면 오히려 슬픈 정이 많아진다, 정도로 나는 해석했다. 지금 보니 '햇빛이 강하면 그늘이 짙다'는 자연스러운 조화로 읽을 수도 있겠는데, 당시 20대 중반으로 '이보다 더 좋을 수는 없다'는 나날을 보내던 나는 이 구절을 인생의 절정을 느닷없이 습격해온 '사고' 같은 허무감으로 알았던 것 같다. 풍악을 울리고 뱃전을 두드리며 의기양양하게 노래하는 극한 즐거움 속에서 한무제가 오히려 슬픈 정을 느낀 것은 왜였을까. 만박귀진萬博歸眞, 만류귀종萬流歸宗이라는 도불道佛의 문자대로 슬픔이 환락의 말이며 참은 아닐까.

내게는 어릴 때 배웠는데도 아직도 심금을 울리는 동요가 몇 개 있다. 단순히 반복되는 간단한 멜로디를 다섯 번 열 번 거듭 따라 부르다보면 어느새 심금이 울린다. 그 심금을 퉁기는 손가락의 정체는 슬픔이다. 무구한 아이들에게 슬픔이 있느냐. 나는 물론 그렇다고 말한다. 그것은 장차 닥쳐올 슬픔의 진眞이고 종宗이다. 동시에 환락의 종이며 진일 것이다.

내 영혼을 울린 한마디

가지 잡고 나무를 오르는 것은 기이한 것이 아니나得手樊枝無足奇
벼랑에 매달려 잡은 손을 놓는 것이 가히 장부로다懸崖撤手丈夫兒

이 구절을 처음 대한 것은 열두 살 때였다. 그때 집안에 돌아다니던 책 가운데 구한말의 복잡다단한 풍경을 담은 다섯 권짜리 장편소설이 있었는데 제목은 '대한백년'인가 그랬다. 소설의 뒷부분에 백범 김구가 스물한 살 적(1896년)에 안악군 치하포에서 일본 육군 중위 츠치다를 죽이는 장면이 나오는데 거사를 하기 전에 떠올리는 구절이 바로 이것이다. 이 말을 한 사람은 백범을 가르친 유학자 고능선이었다.

고능선은 백범이 과단성이 부족한 것을 염려하여 "항상 무슨 일이나 밝히 보고 잘 판단하여놓고도 실행의 첫 출발점이 되는 과단성이 없으면 다 쓸데없다는 말을 하면서" 이 구절을 "힘있게 설명하였다"
고 『백범일지』에 나와 있다.

이 구절을 처음 대한 이후 나는 복잡다단한 사춘기와 청년기를 지
나면서 '현애철수懸崖撒手'의 경우를 수십 번은 만났고 그때마다 이 구
절은 가슴과 뇌리에 깊이 새겨지게 되었다. 그래서 서른다섯 무렵 첫
번째로 쓰게 된 단편소설에 이 구절을 '기념'으로 집어넣었다.

어머니의 장례식 때문에 고향에 돌아온 깡패가 어린 시절의 친구들
앞에서 이렇게 말한다. "사나이라면 천길 낭떠러지에서 소나무에 대
롱대롱 매달렸을 때 손을 탁 놔버리는 거야." 친구들은 입을 모아 대
답한다. "웃기고 자빠졌네."

이 대답에서 또 무엇을 시작해볼 수는 없을까.

2부

편력

유랑
─나의 문학적 편력

　글쎄, 어떤 편력이든 편력에는 말이 필요한 법인데, 입안의 혀처럼 말 잘 듣는 종자까지 있으면 더욱 좋고. 내게는 성질 못된 조랑말, 비루먹은 당나귀도 없으니 애초에 편력을 말하기는 그른 듯하다. 이런 제목으로 글을 쓰라고 말한 쪽에서 사준다면 몰라도. 말이 어디 있느냐고? 내가 알기로는 경마장에서 흘러나오는 폐마가 현실적으로 쓸 만하다. 그래도 안장과 사료, 마구간을 더하면 꽤 돈이 들 것이다. 그래서 말로만 해도 되는 유랑을 말해본다.

　유랑은 흐르고 떠돎을 이른다. 편력처럼 수행의 의미가 곁들인 것이 아니고 성배가 찾아지는 것도 아니며 찾을 것도 가진 것도 없이 정주하지 못하여 떠돈다. 생각해보면 나는 이 단어를 오래도록 사랑해왔다. 다른 사람은 몰라도 내게는 썩 마음에 드는 졸시 「유랑의 무리」, 역시 다른 사람은 몰라도 내게는 그다지 마음에 차지 않는 소설

「유랑」을 보더라도 그렇다. 그러고 보니 슈베르트의 〈유랑의 무리〉도 마음에 들어했던 노래다. 가요 〈황성옛터〉의 가사 "끝없는 꿈의 거리를 헤매어 있노라"의 그 끝없음의 경지를 끊임없이 동경하는 한편.

첫번째로 (문학적) 유랑을 의식한 것은 영국인 윌리엄 셰익스피어의 『햄릿』을 읽을 때였다. 초등학교 3, 4학년 때이지 싶은데 집 안에 득시글거리는 형, 누나, 고모, 삼촌 가운데 누군가가 영한 대역판 『햄릿』을 사와서 방바닥에 팽개쳐두었던 모양이다. 어느 날 학교에서 좀 일찍 돌아왔더니 집안은 아무도 없이 텅 비어 있었다. 나는 방바닥에 굴러다니는 책 아무거나 집어들고 소리 높여 읽음으로써 도둑이며 짐승, 귀신의 공포에서 벗어나려고 했다. 그런데 집어든 책의 내용은 왕자가 등장하는 이야기치고는 너무 어렵고 대역판인 까닭에 문자의 반은 판독 불능이었다. 게다가 동화도 소설도 아닌 희곡이니 황당할 따름이었다. 백 번을 읽으면 뜻은 저절로 통한다는 쓸데없는 말을 신봉하고 있던 나는 아무렇게나 읽어대기 시작했다. 그렇게 읽기 시작해서 윌리엄 셰익스피어의 『햄릿』을 백 번쯤 읽었다. 영어로 쓰인 쪽은 누나인지 형인지 고모인지 삼촌인지 당고모인지에게 발음을 적어달라고 해서 역시 백 번쯤 읽었다. 그리하여 나는 백 번 읽으면 뜻이 저절로 통한다는 말이 헛말이라는 걸 깨닫게 되었다. 그 헛됨이 유랑의 맛 가운데 하나가 아니던가.

두번째 유랑은 이야기꾼과의 만남이다. 내게는 이야기를 무척 좋아하는 집안 형님이 있었다. 나보다 나이가 대여섯 살쯤 위인 형은 그야말로 타고난 이야기꾼이었다. 그는 남의 이야기를 약간 듣고 책은 아주 조금 읽고도 수많은 이야기를 지어내 특히 나에게 이야기해주는 낙으로 살았다. 예컨대 지리부도를 펼쳐놓고 복잡한 유럽의 지도를 가리키며 왕끼리의 전쟁, 그 이전의 거인들의 전쟁, 그 이전의 용끼리의 전쟁까지 실감나는 의성어와 의태어, 동작을 곁들여 이야기하는 식이었다. 나중에 알고 보니 그 이야기 가운데 50분의 1 정도는 실제 있었던 일이었다. 나머지 50분의 49, 그러니까 98퍼센트의 환상과 모험, 갈등, 서스펜스, 스펙터클이 주는 감흥은 집에 돌아와서 잠자리에 누워도 쉽게 사라지지 않았다. 그런 이야기를 하라고 누가 요구하지도 않았고 그 대가를 받지도 않았다. 오히려 구슬이나 딱지처럼, 자신에게는 더이상 의미없게 된 물건을 줘가면서까지 이야기를 해주었다. 소설을 쓰고 있는 나로서도 그 탁월한 자발성, 탐닉을 따라가기는 족탈불급이라고 생각한다. 그때 왜 그랬는지 물어보고 싶지만 그 형님은 서른 살 언저리에 아주 먼 길을 떠났다. 살아서는 다시 만나지 못할 머나먼 길을.

유랑인은 얻고 훔치고 빌리고 구걸하고 빼앗아서 살아간다. 제 돈을 주고 먹고 입고 잔다면 그건 유랑이 아니다. 따라서 유랑하는 동안 내 돈을 주고 책을 산 적은 거의 없다. 특히 남의 서고를 구경하고 거기서 책을 몇 권 훔쳐오게 되는 날은 복이 터진 날이었다. 흘러다니는 중에 만난, 책이 좀 있어 보이는 집은 대부분 내 공격을 받았다. 책이 많은 사람들이 부담을 느낄까 싶어서 더이상 훔친 이야기는 피하겠다.

빌리고 훔쳐서 보는 책은 맛있다. 아주 잘 읽히며 이해가 쉽고 감명 깊다. 그렇지 않다면 창피를 당할 위험을 무릅쓰고 훔칠 이유가 없다. 그렇게 해서 읽은 책이 홍명희의 『임꺽정』이며 70년대에 출간된 리처드 버튼판 『아라비안나이트』, 아널드 토인비 같은 이의 역사 관련 서적 등이다. 권수가 많거나 무거워서 훔치거나 운반하는 데 애를 먹어서 특히 기억에 남아 있는 책들이다.

20대 중반에 나는 대부분의 고전 전집을 몰아서 읽었다. 그전에는 다른 아이들처럼 초등학교, 중학교, 고등학교의 교과서만으로도 머리가 터질 것 같아서 고전을 읽을 시간이 없었다. 혹 시간이 나면 에로틱한 장면이 많은 일본 소설이나 무협지, 만화를 몰아서 읽는 것으로 머리를 진정시켰다. 20대에 읽은 것들은 세계문학 전집, 한국문학 전집, 사상 전집, 잡지 영인본, 미술·음악·철학의 역사, 동서양사 따위의 표지가 딱딱한 것들이 주된 내용을 이루었다. 고전 읽기는 시간이라면 삽으로 퍼 담을 정도로 많던 군대 시절에 시작되어 제대하고 1년가량 더 연장된 뒤에 끝났다. 그러고 나서 뭐가 될 줄 알았더니 아무것도 되지 않았다. 자랑하고 싶어도 알아주는 사람도 없었다. 그래서 할 수 없이 그 당시에 유행하던 무슨 총서 따위를 읽기 시작했고 간혹 동양의 고전들을 접했다.

그럭저럭 수백 권의 책을 몰아서 읽고 나니 묘한 증세가 나타났다. 나도 한군데 앉아서 힘을 쓰면 뭐 이 정도는 할 수 있지 않겠어, 하는 못 말리는 과대망상. 오래 앉아 있을 데가 없어서 못하고 있을 뿐이다, 영웅은 시대를 타고 난다 등등의 허언과 함께. 그런 나의 정수리에 일침을 가하고 수업修業의 의미를 일깨워준 벗들이 있었다. 많았다. 그 가운데 두 벗은 무한의 우주 속으로 떠나고 없다. 그러나 죽은 뒤에도 이따금 우주의 대계에서 "넌 아직 멀었어, 더 놀고먹어" 하고 꿈이라는 우체국을 통해 편지를 보내온다. 살아 있는 벗들이야 말할 것도 없고. 어찌어찌 벗들의 도움을 받아, 또 당시의 유행에 따라 시,

아니 시 비슷한 것을 쓰기 시작했다. 여러 스승께서 어여쁘게 보아주고 재주가 없으면 몸으로 때우라는 충고를 해주셔서 서른 살 넘어까지 시업詩業, 아니 시 비슷한 것을 쓰는 짓을 계속하게 되었다.

이렇게 된 것은 다 말이 없어서, 말을 살 돈이 없고 종자를 구하지 못해서 그런 것이다. 그리고 보니 투구며 검, 창과 방패도 아직 없다. 저 환한 들판에 풍차는 보이는데, 흉악한 거인의 형용으로 오라고, 덤비라고 으르렁거리는데.

호랑이 발자국

어느 날 나는 호랑이 발자국을 보았다.

엉덩이를 돌려대고 발자국을 찍는 호랑이를 직접 본 건 아니지만 그 발자국은 호랑이가 남긴 것이었다. 스무 살의 싱싱한 직감과 생생한 정황에 의한 명백한 결론이었다. 그래서 그뒤부터 나는 사람들에게 호랑이, 또는 호랑이 발자국을 본 적이 있다고 말했다. 그런데 아무도 내 말을 믿어주지 않는 것이었다. 어느 때는 나마저도 남한에서 호랑이가 사라진 지 오래되었다는 둥 호랑이가 왜 발자국 하나만 남기고 주변에는 아무 흔적도 남기지 않았겠느냐는 둥 호랑이의 세력권이 천리인데 왜 천 리 사방에 그런 이야기가 없느냐는 둥 해가며 그때의 그 발자국을 부정하는 대열에 합류하려고 했다. 이처럼 나는 내가 보고 겪은 것, 만난 사람과 그때의 느낌을 남은 물론이고 스스로 믿을 만한 것으로 여기게 하기 위해 소설을 쓰게 되었는지도 모른다. 더 범

위를 넓혀 말하자면 누구나 인생에서 우연히 마주치게 되는 호랑이, 혹은 호랑이의 발자국 같은 '그 무엇' 때문에 문학을 하게 되었을 것이다.

나의 호랑이 발자국은 내 고향인 경상북도 상주군하고도 공성면의 어느 산자락에 나 있었다. 1980년에서 81년 사이의 겨울이었는데 대략 81년 1월 초였다. 12월 중순에 그곳으로 들어간 건 알지만 산중에는 달력이 없어 날짜를 확실히 알 수 없었다. 겨울에는 스님들이 큰 절로 가는 바람에 비는 자그마한 암자가 있었고 그에 딸린 요사채가 내 거처였다. 요사채에는 창문이 하나도 없어 출입문을 닫으면 방안은 그대로 캄캄절벽이 되었다. 전기가 들어오지 않았으므로 불을 밝히려면 초를 켜야 했다. 그래서 문을 닫아놓고 있으면 밤인지 낮인지 구별이 되지 않았다. 문을 열면 어느 때는 눈에 반사된 겨울 햇빛에 눈이 시려서, 어느 때는 정말 눈이 시리도록 맑은 겨울밤의 별에 신음소리를 내곤 했다. 그때는 사물과 사물의 경계선이 조리개를 한껏 조이고 찍은 사진처럼 선예도線銳度가 높았다.

그러던 어느 날 나는 여느 때와 다름없이 물을 뜨러 양동이를 들고 요사채에서 이백 걸음쯤 떨어진 계곡으로 향했다. 이틀에 한 번 정도는 가는 길이라 아무 생각 없이 노래까지 흥얼거리며 걸어가고 있었다. 그런데 길 가운데 무슨 발자국이 하나, 그 길이 자신의 소유임을 주장하는 낙인처럼—아니 낙관이라 해도 좋고 문장紋章이라 해도 상관없다—찍혀 있는 것이었다. 그 발자국을 보는 순간 나는 머리에서 무슨 소리가 나는 것을 느꼈는데 그건 내 머리털이 곤두서는 소리였다. 거대하고 압도적인 자연에 직면한 연약한 한 인간이 느낄 그런 공포, 양동이 하나로 온몸이 무기인 희대의 살인마를 상대해야 하는 처지에 놓인 한 개인이 느낄 법한 전율이 그럴까. 나는 두려움에 떨면서도 내 발을 그 위대한 발자국 위에 얹어보았다. 길 위에 단 하나밖에 찍혀 있지 않은 그 발자국은 눈이 녹았다 얼었다 하면서 원래의 크기보다 훨씬 커졌을 것임을 감안하더라도, 컸다. 농구화를 신은 내 발이 쑥 들어갈 정도였으니까. 그 사실을 확인하자마자 나는 전속력으로 달리고 달려 방으로 뛰어들었다. 두께가 15센티미터쯤 되는 각목으로 테를 두른 육중한 방문, 도대체 절간의 요사채에 왜 그런 성문 같은 방문이 필요한지 알 수 없게 만들었던 그 방문이 그렇게 고마울 수 없었다.

그로부터 이틀 동안 눈이 내렸다. 겁이 나서 밖으로 나갈 수 없었다. 물이 필요하면 방문을 살짝 열고 팔을 내밀어 코펠로 밖의 눈을 긁어 담아 녹여서 썼다. 다행히 요사채 부엌으로 나가는 문이 따로 있어서 미안하게도 부엌을 화장실 대용으로 사용했다. 그렇지만 그런 식으로 살다 행복하게 늙어 죽을 수 없다는 것을 나는 잘 알고 있었다. 사흘이 한계였다.

나흘째 되는 날, 나는 가지고 온 옷을 몽땅 꺼내 입고 요사채 벽에 걸려 있던 암자 소유의 털옷까지 겹쳐 입었다. 싸구려 화학섬유로 만든 그 털옷은 백결선생百結先生이 두고 갔는지 온통 기운 자국이었고 한 번도 빤 적이 없는 듯 소덕석 같은 냄새가 났다. 털옷까지 껴입은 건 날이 추워서가 아니었다. 호랑이가 혹시 나를 잡아먹으려고 들 때 고생 좀 하라고, 호두처럼 알맹이를 꺼내 먹기가 쉽지 않도록 하려고 껴입은 것이었다. 부엌에는 불을 땔 때 장작을 다듬기 위해 들여놓은 손도끼가 있었다. 또 전 주인이 누구인지 알 수는 없지만 해우소를 치울 때나 쓸 법한 장화를 마루 밑에서 찾아 신고 한 손에 손도끼를, 한 손에는 기특하게도 양동이를 들고 나는 호랑이 아가리 또는 발자취 속으로 몸을 던졌다. 의미를 모르는 이상한 고함을 내지르며.

공포의 그 발자국은 여전히 선명하게 남아 있었다. 워낙 단단히 얼어붙어 내린 눈이 쌓이지를 못하고 바람에 쓸려간 듯했다. 나는 여전히 입속말로 '이이이이' 하는 소리를 내며 그 발자국 속에 장화 신은 발을 들이밀었다. 이번에는 크기가 비슷했다. 무섭지 않았다. 사흘 동안 그 발자국을 화두로 면벽 수도를 한 뒤라 그런지 실물을 보니 반갑기까지 했다. 겨울 산 오후의 잔양 속 어디고 호랑이, 혹은 호랑이 같은 존재의 살기는 느껴지지 않았다. 나는 계곡으로 가서 물을 떴다. 방으로 돌아와 사흘 만에 밥을 지어 먹었다.

배가 부르고 정신이 돌아오자 내가 본 것을 말해주고 싶어서 참을 수가 없었다. 산중의 유일한 이웃인 고개 너머 채석장에 갔더니 사람들은 산판으로 돌 깨러 가고 없었고 밥 해주는 아주머니는 자고 있었다. 내친김에 마을까지 내려갔다. 마을회관의 새마을 구판장에서 막걸리를 마시다 저녁이 되었고 동네 청년들과 어울리게 되었다. 청년들이 건네주는 고구마를 낫으로 깎아 먹다가 손가락을 깊이 베었다. 피를 막고 붕대를 감고 소독을 하는 의미에서 한잔 더 마시고 취해서 방구석에 오그리고 자느라 바빴다. 그래서 소설적인 가감이 없이 순수한 호랑이, 또는 호랑이 발자국 이야기를 하지 못했다.

"그 이후 나는 관념이나 정신의 모험은 일생분을 다했다고 생각했다. 생각하면 진짜 도사는 못 되었다. 자꾸 그 이야기를 떠들면서 허풍선이가 되는 데는 성공했다.”

큰따옴표 속의 문장은 ‘나는 왜 자꾸 집을 나가는가’라는 요지의 글의 일부분인데 글을 쓴 시기는 1980년대 후반에서 90년대 초반이다. 그때는 소설을 쓰지 않고 품고만 있었을 때다. 품고 있는지 몰랐을 때이기도 한데 그 겨울 그 호랑이 발자국을 본 때로부터 십여 년의 시간이 흐른 뒤였다. 그때 나는 시를 쓰고 있었다. 오로지 시만 생각하고 살았다고 할 수는 없어도 시가 제일의 의의였음은 확실하다. 그런데 일생분의 모험, 진짜, 도사, 허풍선이 같은 단어들은 시적이지 않다. 이런 불순하고 수상쩍은 것들은 한 이틀 조용히 내린 눈처럼 순수한 세상에 조금만 섞여도 그 세상 자체를 불순하게 만든다. 돌아보니 그때 이미 시에서도 삶에서도 불순은 각오하고 있었다. 지금보다 혈기가 방장해서 이 정도는 감당할 수 있다고 생각했는지도 모른다.

시는 불온하다고 어느 시인은 말했다. 나는 소설은 불순하다고 말하고 싶다. 적어도 내가 쓰는 소설은 불순하다고, 원래는 순수했는지 모르지만 웬놈의 호랑이 발자국이 하늘에서 뚝 떨어져 내가 물 뜨러 가는 길 위에 찍힌 이후, 모든 길이며 겨울 오후며 시며 소설이며 양동이며 부엌이며 요사채, 손도끼마저 불순해졌다고.

90년대 중반부터 소설을 쓰기 시작하면서 나는 이제 제 길을 찾았다는 말을 많이도 들었다. 말을 듣는 김에 더욱 잡스러워지려고, 이른바 크로스오버로 놀아보려고 노력했다. 잡雜은 잡대로 재미와 의의가 있다. 불순이 내면적인 것이라면 잡은 외부의 조건이다. 또는 외부와의 관계에서 비롯하는 성향이다. ‘가장 민족적인 것이 세계적이다’라는 명제가 있다. 나는 잡스러운 것이 세계적인 것이라고 주장하지 않는다. 잡의 세계에는 '세계 콤플렉스' 따위는 아예 없기 때문이다.

　하늘의 섭리인지 잡종은 오래가지 못한다고 한다. 가령 내가 아는 최고의 멧돼지 전문 사냥개는 투견과 수렵용 개의 혼혈인데 자신의 형질을 물려받은 새끼를 낳지 못하고 있다. 지금 명견으로 이름을 떨치고는 있지만 그 명성도 당대에서 그치고 말 것이라고 한다. 그러면 또 어떤가, 당대를 넘어설 그 무엇이 불순한 운명에 있을까. 내가 멧돼지 사냥개라면 앞뒤 가리지 않고 더 사납고 더 예민하고 더 흉악스럽기를 바라겠다. 멧돼지에게만은.

　왜 소설을 쓰느냐고 누가 묻는다면 한동안은 호랑이 덕분이라고 답할 것 같다. 그런데 지금 내가 호랑이 등에 올라타 있는 건지, 호랑이 발자국에 가만히 발을 넣어보고 있는 건지는 잘 모르겠다.

나는 변두리에서 왔다

생각하면 나는 이제까지 대체로 변두리에서 살아왔다. 나는 변두리에서 태어나 변두리에서 자라 변두리에 살며 변두리를 이루어왔다. 내가 어딘가에 이르렀다고 한다면 내 출발점은 언제나 변두리였다.

내가 태어난 곳은 경상북도 상주인데 경주와 상주의 머릿글자를 따서 지은 이름이 경상도이듯 상주는 삼국시대부터 있어온 대읍이었다. 그런데 일제시대를 거쳐 기차로 대표되는 기계문명이 밀려들고 농촌 공동체가 와해되면서 어느 때부터인가 변두리로 치부되기 시작했다. 지리적으로 변두리일뿐 아니라 문물과 문명의 변두리가 된 것이다.

나보다 아홉 살 위인 형은 남쪽으로 백여 리 떨어진 김천이라는 신흥도시의 고등학교로 유학을 갔다. 김천은 경부선 기찻길이 통과하며 교통의 요지로 급부상하여 문명의 혜택을 듬뿍 받았던 반면 상주는 그저 그런 농촌으로 머물러 있었다.

형은 내가 초등학교에 들어가기 전에, 제목이 '알파칸'이라는 만화책을 가져다주었는데 나는 너무도 무방비하게, 바보처럼 그 책에 빨려들어갔다. 책은 문명의 소산이며 문명을 이끌어가는 도구이다. 사람은 책을 읽어야 한다. 책을 통해 세상을 배우고 인성을 도야陶冶한다(그러고 보니 사람은 그릇이나 쇠가 아닌데도 도야 같은 몰인정한 단어가 그 옛날에는 그리도 멋있게, 쉽게 쓰였다). 그런데 이 만화책은 한걸음 더 나아가 책과 그 내용인 만화를 즐기라고 유혹하고 책이 뭐 인성을 어쩌고저쩌고 하는 것 따위는 우스운 것이라고 가르치는 듯했다(어른들이 그렇게 생각하도록 한 것인지도 모르지만). 나는 사랑채 뒤쪽의 툇마루에 앉아 따뜻한 봄볕을 쬐면서 그 만화책을 보던 때를 지금도 선명하게 기억한다. 겉장이 떨어져나간 그 만화책을 수백 번도 더 읽었다. 그뒤에 읽은 어떤 책도, 어떤 위대한 사상도 나를 그렇게 몰입하게 하지는 못했다.

만화 덕으로 문자를 익히고 초등학교에 가면서 나는 내가 사는 곳이 세상의 끄트머리에 있다는 사실을 알게 되었다. 옛적 사람들은 지구가 바둑판처럼 네모져 있어서 배를 타고 그 끄트머리까지 가면 떨어져서 보이지 않게 된다고 믿었다 한다. 학교에서 그렇게 가르치면서 그들을 비웃게 했다. 그런데 그게 왜 사실이 아닌가. 나는 변두리 나라하고도 변두리 소도시의 변두리에 살고 있는데, 조금만 더 나아가면 저수지 건너 세상 끝인 캄캄절벽이 있는데, 진달래에 홀려 절벽을 올라갔다 돌아오지 않은 아이들이 있는데, 아침마다 해는 동쪽의 절벽 위로 떠올라 서쪽의 절벽으로 지는데. 그 시절에는 지구가 둥글다느니, 지구가 해를 돈다느니 하는 소리는 당치도 않은 허구였다. 나는 객관적인 진실을 믿지 않았다. 무슨 포스트모더니즘이 따로 있는 게 아니었다.

사춘기가 막 시작되면서 서울로 내 주거가 옮겨졌다. 서울이라고는 해도 최남단에 위치한 동네, 곧 변두리 동네의 대명사인 가리봉동으로 옮겨진 것이었고 구로공단의 배후지로서 가리봉동의 형제와 다름 없는 독산동에 있는 중학교로 전학을 가게 되었다. 내가 앞으로 다닐 중학교에 대해 가지게 된 첫인상은 주변의 공장과 구별되지 않는 삭막함이었다. 학교가 공장과 다른 점은 노골적으로 연기를 뿜지 않는 다는 것 정도였다.

가리봉동에서 가리봉시장과 가리봉오거리를 지나 삼립식품 앞을 거쳐 중학교까지 가는 길은 2킬로미터쯤 되었다. 내 머리 위로는 굴뚝 연기가, 키 높이로는 먼지가, 신발 밑에는 수채가 흘렀다. 쓰레기는 언제 어디서나 무차별적으로 쌓이고 구르고 채이고 불타고 있었다. 수챗물은 수평으로, 연기는 수직으로, 먼지는 아래위로 옆으로 이르지 않는 곳이 없이 유동했다. 가리봉시장 앞에는 미친 청년이 있어서 지나가는 여자들에게 자신의 애인을 찾아달라고 아침마다 울부짖었다. 저녁나절에는 옷과 얼굴에 피를 묻힌 사람들이 주먹다짐을 했다. 미치지도 못하고 생을 포기할 수도 없는 사람들의 표정은 무심했다. 아침저녁으로 서로에게 무심한 사람들이 수백, 수천 명씩 같은 길을 전진했다. 무심한 제복을 입고 무심히 번호를 받아 분류되었다가 무심하게 공장 같은 학교, 공장 같은 집으로 갔다.

나는 서울하고도 경계에 가까운 이 변두리에서도 변두리 출신 변두리 아이로 취급당했다. 중학교에 다닌 2년 남짓한 그곳, 그 시절은 철

106

저한 변두리의 세계, 변두리인의 삶, 밥 대신 먹는 삶은 달걀 같은 무생의 생이었다. '아름다운 것'은 전혀 없었고 '아름답지 못한 것'은 곧 시방세계十方世界였다. 아름답지 못한 것을 색깔로 표현하라면 연기의 잿빛, 벽돌의 붉은빛, 타버린 비닐의 검은빛이다. 냄새로 표현하라면, 아름다운 또는 아름답지 못한 냄새라는 게 있는지는 모르겠지만, 고분자화합물이 타는 냄새라고 말할 것이다.

서울 중앙의 사대문 안에 있는 고등학교에 진학하고 나서 얼마 안 있어 이사를 갔다. 이사를 간 곳은 내가 졸업한 중학교 옆에 있는 집이었다. 나는 기껏 변두리에서 변두리로 이사한, 아니 이식된 것이었다. 원래 과수원이었다던 그 동네에는 모기가 없었다. 공기가 너무 독해서 파리나 모기 따위는 살 수 없다는 것이었다. 두 시간 가까이 버스를 타고 간 고등학교에서 나는 기껏 사대문 밖, 그것도 서울의 경계선 최남단에 붙은 아득한 촌동네에서 온 변두리 촌놈이었다. 그 잘난 학교 역시 사대문의 북쪽 성벽에 붙은 변두리 학교에 불과했다. 중앙에 조금 가까운 혜화동의 분식집에 가니 다른 학교 아이들이 내가 다닌 고등학교를 그렇게 취급하고 있었다. 그때 나는 유별나게 화를 내면서 남의 교복에 간장을 뿌렸다. 이어 내 눈에는 식초를 뿌리며 나는 눈에 뵈는 게 없는 놈이라고 발광하는 바람에 내게 어울리지 않는 이상한 명성을 잠시 얻었다. 남들은 몰랐지만 그건 변두리와 변두리의 변두리와 변두리의 변두리에 의한 변두리에 대한 내 나름의 분노 때문이었다. 어디를 가도 변두리 소리를 들었고 변두리 풍경이 펼쳐졌고 변두리에서 벗어날 수 없었다.

변두리에서는 변두리 바깥의 새로운 세상의 닭 우는 소리를 들을 수 있다. 소위 중앙의 역에서 달려내려오는 문명의 기차 소리도 들을 수 있다. 변두리의 혼혈 문화 속에 있는 사람들이 단순 고식의 전통 문화 속 사람들보다 한층 많은 기회를 잡을 수 있다든가 영리하다든 가 뛰어날 수 있다는 이야기를 어디선가 읽은 적이 있다. 그러나 내가 살던 변두리 동네에는 뛰어나고 말고 할 게 없었다.

일요일이면 몸에 딱 붙는 흰 바지 주머니에 손을 집어넣고 휘파람 을 불며 음악다방으로 가는 청년들. 그들은 나보다 겨우 두서너 살 위 였지만 이미 술 마시고 담배 피우는 어른이었다. 그들은 내가 사는 집 지하의 공장에도 있었다. 공장에서 일하고 공장에서 먹고 잤다. 여름 에는 공장이 푹푹 쪄서 못 자겠다며 그들은 옥상에 텐트를 쳤다. 전기 불을 끌어다 화투를 치고 소주를 마시면서 아래 벌집의 창문에 어른 거리는 비슷한 또래의 젊은 여자들을 흘끔거렸다. 나는 이상하게 그 들이 부러웠다. 그들이 나를 마음에 들어한 것 같지는 않지만 그렇다 고 슬금슬금 그들에게 다가가는 까까머리 고등학생을 물리치지는 않 았다. 그들은 자신들이 화투를 치는 동안 내가 그들의 가장 큰 재산 인 〈선데이 서울〉을 읽고 카세트를 고장내는데도 내버려두었다. 공장 에서는 하루종일 한 가지 테이프를 계속 돌리는 듯 똑같은 음악이 반 복적으로 흘러나왔다. 그중에서도 조용필의 어느 노래는 잊히지 않고 잊을 수가 없다. 하루 해는 너무 짧아요! 하루 해는 너무 짧아요오오 오오…… 그들은 기계적으로 노래를 흥얼거리며 기계 앞에서 기계처 럼 일했다. 짧고도 짧은 하루종일 쩔걱거리는 프레스 소리 속에서 그 들이 골프가방, 곰인형, 그리고 또 무엇을 만들었는지 모르지만 그들 은 자신들이 만든 물건을 한 번도 쓰지 않았다.

그때 내가 만일 화가였다면 그들의 초상을 그렸을 것이다. 그들끼리 우쭐거리며 서로를 툭툭 칠 때의 모습. 노래를 흥얼거리면서 말똥구리처럼 엄청난 크기의 짐을 계단으로 끌고 올라올 때의 모습도. 나는 그들이 제야의 종이 울릴 때 음악다방이 터져나가도록 모여서 '오랫동안 사귀었던 정든 내 친구여'를 생전 처음 보는 또래의 여자들과 손을 맞잡은 채 엄숙하게, 감상적으로 목청껏 부르는 광경을 그리고 싶다.

내가 사진가였다면 연탄가스에 취해 부엌 하나 방 하나로 이루어진 쪽방에서 굴러나와 머리가 아프다고 고양이처럼 우는 어린 자취생의 사진을 찍을 것이다. 두 사람이 자취하는 방에 연탄가스가 든 것은 그들 중 하나가 머리를 감기 위해 양동이에 물을 담아 연탄불 위에 얹은 채 잠이 들었기 때문이다. 양동이에서 넘친 물 때문에 연탄가스가 훨씬 더 심하게 발생했다.그 동네에는 아무리 코딱지만한 병원이라도 고압 산소탱크가 있었다. 연탄가스 환자들은 늦지만 않으면 살 수 있었다. 속옷만 입은 젊은 여자가 청년의 등에 업혀 가는 모습은 자주 볼 수 있었다. 여자의 팔다리는 흔들거리고 청년의 가슴은 벌떡거렸다.

어느 순간부터인가 나는 변두리를 좋아하게 되었다. 변두리의 무미함을, 무표정함을, 몰문화적이고 장식이 없는 날것을 편안하게 여기게 되었다. 흔한 말로 화해한 게 아니라 변두리가 내 안에 확고하게 자리잡고 내가 변두리의 일부가 되었던 것이다. 앞에서 아름다움과 한 몸이 되어본 적이 있는 사람들은 이승에서 백 퍼센트 불행하다는 말을 했는데 변두리와 한몸이 되어본 사람들에게 이승은 참 편하다.

대학에 들어가서 나는 클래식이 있다는 것을 알게 되었다. 음악의 클래식, 미술의 클래식, 문학의 클래식, 동양의 클래식, 재즈의 클래식, 클래식의 클래식. 클래식은 내가 중앙이라고 생각한 중앙이 흠모하는 중앙의 최심부에 있었다. 그곳으로 가는 계단은 목록과 연대표, 스타일, 도서관, 유한성有限性 등등으로 이루어져 있었는데 참 하나같이 정붙이기 힘든 놈들이었다. 클래식으로 가는 길은 너무 멀었고 또 놀기에 바빠 갈 생각이 들지 않았다. 대학에서도 나는 변두리에 머물렀던 것 같다. 변두리는 어디에든 있었다. 심지어 클래식에도 변두리가 있을 것인데 아직 잘 모르고 있다.

변두리에서도 얼마든지 아름다움을 발견할 수 있다. 아름답지 않은 것이 무진장한 덕분이다. 그 압도적이며 불미스러운 다수파에 의해 아름다운 것의 겨자씨만한 극소수파 주위에 아름다움의 경계가 여기저기 생겨난다. 마치 물방울이 연못에 떨어질 때처럼. 그리고 그리고 그리고 그리고…… '그리고'라는 말의 울림처럼 퍼져가는 사랑스러운 동심원들.

중앙의 친구들, 거기에도 '쓰레기 예술Junk Art'이라는 게 혹 있는지. 언젠가 뉴욕의 쓰레기장 근처에 살면서 쓰레기를 모아 집을 짓고 그 속에서 곤충들과 벗하다가 축일에는 쓰레기 속에서 주운 훈장과 부츠, 해군 제독의 제복으로 부랑자들의 대왕이 되는 어느 화가의 이야기를 듣고 눈물이 나도록 웃은 적이 있다. 정말 눈물이 났다. 정말 우스웠다.

눈물을 닦으며 생각했다. 내가 절대적으로 공감할 수 있는 부분은 아직 클래식보다는 쓰레기에 있고 변두리에 있다고, 아름다움은 바로 공감이라고.

미루나무 꼭대기에 올라간 소년, 조각구름

소설을 쓰기 몇 해 전, 나는 반복해서 이런 꿈을 꾸었다. 열두어 살의 내가 미루나무에 올라가 있다. 그 아래의 우물가에서 할머니가 이마에 손을 얹고 왜 거기에 올라가 있느냐고 묻는다. 미루나무는 실상 올라가기 어려운 나무다. 어릴 적 나는 플라타너스나 뽕나무, 감나무에는 올라가보았어도 미루나무에는 올라가보지 않았다. 오디가 달리는 뽕나무나, 그네를 매는 플라타너스, 흔한 감나무며 대추나무가 있는데 굳이 올라갈 이유가 없고 잔가지가 많은데다 유난히 높아서 위험하기까지 한 미루나무에 왜 올라가겠는가. 그런데도 나는 같은 꿈을 세 번 네 번 꾸었다.

"야야, 네가 왜 거기에 올라가 있노."

할머니의 물음에 나는 대답을 하지 못했다. 왜 올라와 있는지도 잘 모르겠고 왜 식구 중에 하필 할머니가 나를 염려하고 있는지도 몰랐다. 그 무렵에 할머니가 돌아가셔서 그랬는지도 모른다.

그 무렵이란, 또래 소설가 S가 전화를 걸어와서 한번 보자고 했던 때이니 대략 지난 세기의 90년, 아니면 91년쯤이지 싶다. 그때 나는 시를 쓰고 있었고 소설을 쓰는 S는 첫 창작집을 막 내고 난 참이었다. 그가 무슨 까닭으로 나를 보자고 한 것인지는 정확히 몰랐다. 그를 만난 것은 바로 그 연유를 알려던 때문이었는지도 모르겠다. 그러나 그를 만나고 나서 나는 연유를 알기도 전에 곧 할머니에게 무슨 일이 생겼는지도 모른다는 이상한 예감에 사로잡혀 집으로 전화를 걸었다.

그러자 할머니가 금방 돌아가셨다는 말이 들려왔다. 휴대전화가 없던 시절이었으니 아마 내가 공중전화로 전화를 걸지 않았다면 나는 그날 '도통 뭐가 뭔지 모를 모르는 것과 모르는 존재의 모를 관계'에 대해 모르는 이야기를 하면서 S와 밤을 샜을는지도 모르겠다.

할머니가 워낙 며칠 동안 자리에 누워 계시긴 했지만 나는 심한 감기 이상으로 생각하지 않았다. 그래서 할머니의 죽음은 돌발적이고 충격적이었다. S에게 급히 사정을 말하고 집으로 돌아가는 택시 안에서 나는 할머니에 관해 아무 생각도 하지 않으려고 애썼다. 할머니의 죽음과 대면하기 전에 미리 무슨 생각을 하고 대책을 세우는 것은 뭔지 모르게 불순하다는 생각을 했던 것 같다. 집에 들어서자 할머니의 조그만 몸은 이미 흰 천에 덮여 있었다. 눈물을 흘렸던가. 잘 모르겠다. 할머니는 평소 입버릇처럼 "우리 장손, 내 제사를 차려줄 맏손자"를 임종 때에도 찾으셨을까. 모르겠다. 나는 방으로 들어가 누워 있는 할머니 옆에 앉았다. 오열과 곡소리에도 아랑곳하지 않고 할머니의 손을 잡고 가만히 있었다. 아직 내게 남길 말씀이 있는 건 아닌지, 귀

기울여 듣기라도 하는 것처럼. 그러나 할머니는 나라고 해서, 앞으로 할머니께 제사를 올릴 맏손자라 해서 가던 길에서 되돌아오지는 않으셨고 당연히 아무 말씀도 하지 않으셨다. 그전에 남긴 특별한 유언도 없다고 했다. 나는 주름진 할머니의 손에서 세월의 냉기를 느꼈다.

나의 할머니는 손자들에게 특별히 이야기를 잘해준다거나 스스로의 생으로 지울 수 없는 인상을 남긴다거나 하는 분은 아니었다. 1910년대 초에 경상북도의 농촌에서 태어나 스무 살쯤에 역시 같은 농촌으로 시집을 와서 한 살 아래인 남편과 60여 년을 해로하고 여든이 넘어 돌아가셨다. 열 남매가 넘는 아이를 낳았는데 그중 여섯이 살아서 자손은 번성한 편이었다. 그건 내가 태어난 집의 이웃에 있던 두 집의 할머니들도 마찬가지였다.

할머니는 이웃의 다른 할머니들처럼 남편에게 순종적이었다. 지금 든 생각인데 정서적으로는 두려움, 행동으로는 헌신의 가운데에 있는 태도가 순종이 아닐까. 그런 한편 그 당시의 여느 어머니들처럼 자식을 위해 자신을 언제든 희생할 수 있는 개연성을 가지고 있었다.

내가 어릴 때 사랑방에서, 손님도 할일도 없으면, 할아버지는 늘 무슨 책, 아니면 책에 가까운 인쇄물을 손에 쥐고 있었다. 그중 남은 책이 아직 내 책꽂이의 제일 위편 한 칸을 차지하고 있는데, 예를 들면 『신식금옥척독新式金玉尺牘』『소학小學』『시전詩傳』과 『서전書傳』『통감언해通鑑諺解』 같은 책에 족보이다. 그중 비교적 상태가 온전한, '한자에 음을 단附音註釋 신식으로 편지 쓰는 방식에 관한 모범'에 관한 책은 '대정大正' 12년 1월에 경성부 봉엽정 사는 지송욱이 짓고 황금정의 박인환이 인쇄를 하여 전화 본국 621번인 신구서림新舊書林에서 발행했다. 종로의 박문서관에서 발매를 했는데 정가는 금 50전. 대정은 1912년 즉위한 일본 왕 요시히토의 연호이니 1923년쯤인가. 그래도 편지 본문의 3분의 2 이상이 한자인 책이다. 『시전』『서전』은 대정 3년 발행에 1원 10전이다. 특이한 것은 두 권의 책 뒤에 '불허복제不許複製'라는 말이 도장처럼 판권이 있는 마지막 장에 인쇄되어 있다는 것이다. 그 누가 그때 복사기를 개발하지는 않았을 터인데, 이건 또 무슨 말인가. 그 수수께끼를 『통감언해』가 풀어준다.

『한글 해석이 달린 통감』에는 판권이 없다. 판권이 있어야 할 뒤표지와 그전의 수십 면이 달아나버려서 없는 것인가. 아니다. 이 책이 할아버지가 손으로 일일이 베껴서 묶은 것임을 깨닫는다. 복사자, 곧 베낀 사람이 할아버지가 아닐 수도 있다. 그러나 뒤쪽에 가서는 종이가 모자랐는지 글자 사이에 간격이 거의 없을 정도로 문장이 빽빽하게 쓰여 있는데 내 느낌에 이건 할아버지의 스타일이다. 적어도 할아버지가 읽고 가까이 했던 것은 틀림없다. 아무렇게나 펼친 대목에 이런 게 있다.

"起之爲將애 與士卒最下者로 同衣食ᄒ고 臥不設席ᄒ며 行不騎乘ᄒ고 親裹羸糧ᄒ야 與士卒로 分勞苦러라"

이에 대한 언해는 다음과 같다.

"起가 將이 됨애 最下者로 더부러 衣食을 同히ᄒ고 臥ᄒᄆ에 席을 設치 아니ᄒ며 行ᄒᄆ에 騎ᄒ고 乘ᄒ지 아니ᄒ고 親히 裹ᄒ야 糧을 매여 士卒로 더부러 勞苦를 分ᄒ더라"

내가 할아버지에게 들은 이야기에 비슷한 것이 있다.

"옛적에 아무개가 장수가 되어 병졸과 고락을 같이하였는데 병졸이 종기가 나자 그것을 빨아 낫게 해주었다. 병졸의 어머니가 그 말을 듣고 통곡을 했다. 저 장수는 내 아들을 전장에서 기어이 죽게 할 사람이다. 내 아들은 그 장수가 위험해지면 웃으며 목숨을 버릴 것이니 후손은 어떻게 보겠는가."

사실 중요한 것은 할아버지의 책이 아니다. 교훈도 아니고 이야기도 아니다. 꿈에 할아버지는 그림자도 비치지 않았다. 정작 중요한 건 할머니가 시누이, 올케 그리고 다른 아주머니며 할머니들과 돌려 읽던 책이다. 물론 이것도 일부가 남아 있다. 할머니는 중얼중얼 혼자서 이 책을 읽고 아주머니 시누이들과도 돌려가며 읽었다. 나는 분명히 기억하고 있다.

"화셜명나라 황제 즉위 이십삼 년 츈말ㅎ초라 북경슌텬부 신경빅 운동 송림속에 크도 적도 아니흔 와가집 북창 하에 년긔가 륙십이 불원ㅎ야 빅발이 성성흔 부인은 무슴근심과……"로 시작되는 『고딕소셜 봉황금鳳凰琴』은 대정 14년 경성부의 봉엽정 최석정이 짓고 발행한 바, 정가 35전. 이 책에서 한자는 판권 부분을 제외하면 책 표지의 '鳳凰琴', 본문의 괄호 안에 들어 있는 '鳳凰琴' 하여 여섯 자밖에 없다.

기나긴 겨울밤 눈알처럼 번쩍이는 별 아래 부夫가 『통감』을 읽고 (또는 붓을 들어 불허된 복제를 감행하고) 부婦는 『봉황금』을 읽으며 이따금 다정히 서로의 얼굴을 바라보는 정경을 나는 상상할 수 없다. 대신 나는 이런 광경은 상정할 수 있다.

"거 무슨 책을 그리 중얼중얼 읽는가. 오밤중에 시끄럽게."

"시끄럽기는 서방님도 마찬가지 아니오."

"허허, 이건 중국의 귀한 역사를 모아놓은 진서요, 그건 언문에 하찮고 되잖은 이야기 나부랭이가 아닌가. 할일이 없으면 일찍 잠이나 잘 일이지 뜻도 없이 시간이나 축내는 그따위 이야기 책을 왜 읽는단 말인가."

"그러는 서방님은 그 책 뜻이나 알고 읽소? 뜻은 안다 한들 또 무엇이오. 그 깊고 거룩한 진리를 다 알던 남정네들이 어찌 나라는 빼앗기고 할일 없이 또 책만 읽고 앉아 있을까."

이것이 그때 우리집 사랑방의 풍경은 아니었을 것이다. 나는 조부와 조모 사이에 다툼이 있는 것은 보지 못했다. 부창부수, 남부여대의 삶이었다. 그러므로 모를 존재가 모를 존재와 부딪혀 모를 경계면이 부서질 때의 영롱한 언행록이 남아 있지 않다. 물론 일상적인 말의 유물이 있긴 한데 그건 다분히 가족적인 것으로 남에게 알릴 바는 못 된다. 요컨대 나는 할머니에게서 뚜렷한 문학적 유산을 받지는 않았다.

할머니는 여름 저녁 모깃불을 피운 평상 위에서 잠이 들었다 깼다 하는 손자의 손에 한 손을 잡힌 채 이따금 머리를 쓸어올리며 '별순이'와 '달순이'가 나오는 무서운 호랑이 이야기를 해주지 않았다. 할머니는 당신의 다리 사이에 손자들의 다리를 넣게 하고 손으로 다리를 하나씩 짚으면서 "이거리저거리각거리천두만두두만두야가사거리장도칼" 하며 다리를 쓰윽 자르는 시늉을 하여 우리를 자지러지게 하지 않았다. 『봉황금』이며 『심청전』이며 『사씨남정기』를 읽어준 적도 없다. 내가 이런 것들을 알고 있는 것은 누이, 고모, 이웃집 할머니 덕분일 것이다. 그런데 왜 미루나무 아래 우물가에 할머니가 서서 나를 바라다보고 있는 것일까.

"야야, 니쩐다(떨어진다), 조심하거래이."

할머니의 옆에는 김이 설설 오르는 함지가 있다. 그 함지에 들어 있는 것은 삶은 시래기다. 어릴 적 나는 시래기가 들어간 음식을 먹지 못했다. 시래기는 쓰고 질기고 쿰쿰한 냄새가 났다. 스무 살이 넘어서 나는 그 맛을 알았다. 대학 다닐 때, 고향에 다니러 가서 시장통의 해장국집에서 시래기의 '죽이는 맛'을 알게 되었다. 해장국은 명정酩酊의 중유中有에서 본유本有로 돌아오는 중간, 사유死有의 찰나에서 무럭무럭 김을 피워올린다. 된장을 풀고 오래도록 연탄불로 끓이기만 하여 시들시들해진 시래깃국 한 그릇. 언제나 낮게 존재하고 뜨거워서 나는 그를 애호했다. 우물가의 시래기는 미래의 그 시래기, 꿈을 꿀 당시의 내게는 이미 과거가 된 시래기와 무슨 연관이 있었을까.

그 시래기는 다시 대학을 졸업하고 놀기 시작했을 때에 등장한다. 놀기는 놀되 절에 가서 논다. 노는 줄 몰랐는데 알고 보니 놀았다. 중유에 든 이들을 위해 사십구일재에 올려진 제물을 찬방에 넣고 겨울밤에 꺼내 먹는 스님들과 숨바꼭질을 했다. 아침 여섯시에 공양간 옆방으로 밥을 먹으러 올라가면 총무스님이 따끔하게 일렀다. 요새 우리 절에 쥐가 있나봐. 큰 쥐, 인쥐. 질세라 찍찍, 소리를 내고 나서 제가 쥐띠랍니다, 할 때의 재미가 있었다.

집에서 뛰쳐나와 절에 들고 그 절에서 다시 뛰쳐나와, 때로 시장통 골목으로 들었다. 이승의 눈알처럼 뿌연 탁주에 취하여 여관, 아니 여관에 든 적은 없고 여관 아래에 여인숙이 있고 그 아래에 최하 등급으로 하숙이 있다는 것을 저절로 알게 되어 하숙에 들었다. 밤새 빈대에 물리면서 고드름이 정수리에 박히는 듯한 후회와 두통의 새벽을 견디고 나면 시래기해장국 한 사발이 주어졌다. 그 통렬한 은혜, 껍질이 벗겨진 삶이 주는 맛이라니.

이제는 미루나무를 보자. 초등학생 시절 집에서 학교를 오갈 때 걷는 신작로에 흔히 서 있던 그 미루나무다. 미루나무는 할아버지가 묘목으로 재배했던 포플러와 다르다. 북미에서 들어왔다고 해서 미류美柳라고 했다는 이 나무는 성냥개비나 젓가락을 만들 때도 쓰지만 아이들에게 가장 큰 용도는 풀피리를 만드는 데 있었다. 봄에 물이 오르기 시작한 미루나무의 가지를, 툭 꺾어서 껍질을 비틀어 나무에서 빼내고 한쪽 끝을 칼로 살짝 벗겨서 나무 속껍질의 떨림판만 남게 하면 훌륭한 피리가 된다. 손재주가 좋은 아이들은 그 피리에 구멍을 내 손가락으로 구멍을 열었다 닫았다 하며 멜로디를 만들기도 했다. 거기서 나오는 노래에 이런 게 있었다.

"미루나무 꼭대기에 조각 구름이 걸려 있네. 솔바람이 불어와서 걸쳐놓고 도망갔대요."

미루나무피리는 만들기까지가 중요하지 만들고 나면 조금 쓰고 버리는 것. 미루나무는 그 이름, 때문에 다른 나무에 비해 자주 시에 오르내리게 되는 것 같다. 확실히 시는 아름다움에 예민하다. 그러나 가로수로 서 있는 미루나무는 그 아래 지나가는 사람에게 바람이 불 때 아름다운 손바닥을 흔들어주는 게 아니라 벌레를 떨어뜨렸다. 미루나무 잎을 골라 아래를 지나 집에 와서 보면 가방에도 머리에도 손가락만한 털 많은 벌레가 떨어져 있곤 했다. 그 벌레의 이름이 미국흰불나방이라고 한다던가. 송충이가 솔잎을 먹듯이 미국흰불나방의 애벌레는 미루나무를 먹는다! 미국을 좋아하든 좋아하지 않든, 아름다움과는 일찍부터 상관없는 일이고, 미루나무에 올라가기를 좋아하는 아이는 없었다.

미루나무의 터져서 검게 변한 껍질은 정강이와 허벅지를 할퀸다. 미루나무의 빽빽한 가지에는 벌레가 많다. 구름이 걸리도록 높은 줄기, 삼십 미터라는 현기증 나는 높이에 구름도 매미도, 흰불나방의 애벌레도 아닌 내가 왜 올라와 있는가. 무용無用을 넘어, 무익을 넘어, 무해하다고 하더라도. 아무것도 모르는 듯한 할머니의 걱정을 들으면서, 돌아가신 할머니의 걱정을 들으면서. 아래에 시래기는 끓고 언젠가는 한번 빠질 것 같은 예감을 갖게 하던 우물은 한없이 깊어져가는데.

소설을 쓰게 되면서 그 꿈은 사라져버렸다. 언젠가 가보니 우물은 메워져버렸다. 시래기 담긴 함지는 보이지 않았다. 미루나무는 어디로 갔는가. 미루나무는 없었다. 원래 미루나무는 그곳에 없었다. 우물가에는 미루나무가 없었고 미도, 버들도 없었다. 꿈에만 있었으니.

그러나 아직 그 미루나무, 그림자가 한없이 뻗쳐진 미루나무, 뭐 특별히 보잘것도 없고 무슨 쓸모가 있을 것 같지도 않은 미루나무는 여전히 내 속에 남아 있다. 왜 남아 있는지는 모르겠다. 들판의 미루나무를 보면 내 안에 있는 미루나무의 가지가 아니 줄기가 통째 기울어진다. 그럴 때마다 몸이 따라가면서 묻는다. 꿈에서조차 보이지 않으면서 무슨 영화를 보여주려 남아 있는고.

알겠다. 뭘? 모를 것은 굳이 알려고 할 필요가 없다는 것을.

3부

바
라
봄

베풂의 지고한 쾌락

지난 세기하고도 80년대의 마지막 성탄 전야에 나는 서울 어느 수도원 안의 성당에 서 있었다. 성당 천장은 일반 사무실 비슷하게 낮고 의자도 최대 백 명쯤 앉을 수 있을 정도로 적었다. 그런데도 이삼백 명은 될 법한 사람들이 내 앞뒤, 옆에 서서 경건하게 미사를 드리고 있었다.

나는 그 수도원에서 운영하는 청소년 센터에 기타 두 대를 기부한 적이 있었다. 청소년 센터를 맡아 운영하는 어느 신부에게 개인적으로 무슨 신세를 져서 그렇게 된 것일 뿐, 그 당시의 나는 청소년이나 기타에 별 관심이 없었다. 하물며 청소년 센터에 있는 청소년들의 반이 가출 청소년이고 나머지 반은 가출할 집조차 없는 비가출 청소년이라는 것에 대해서는 알지도 못했다. 또 그들이 목공이나 선반 같은 기술을 배워 자립할 때까지 아무런 조건 없이 숙식을 제공하고 생활에 도움을 주는 수도원에 대해서도 관심이 거의 없었다. 그저 하나에 오만원짜리 기타 두 대, 신부가 "정 선물을 하고 싶으면 우리 애들 가지고 놀게 기타나 사오라"고 말한 대로 기타를 사다가 기부했고 그에 따라 마지못해 성탄 자정미사에 온 것이었다.

자정 미사가 열리기 전 잔치부터 시작되었다. 어디서나 흔한 장기 자랑에 춤과 노래자랑이 이어졌고 시 낭송도 있었던 것 같다. 가장 흥성한 무대는 청소년들이 대거 참가한 연극이었다. 연극에서 예수는 이천 년 전 유대의 땅 베들레헴에서 태어난 게 아니라 가리봉동인가 난곡인가 하는 한국의 빈민촌에서 태어났고 당연히 이 땅에서 현재 살아가고 있는 우리 가운데 하나였다. 그러니 결말은 뻔했다. 우리 각자 모두가 예수처럼 원수를 사랑하고 왼쪽 뺨을 치면 오른쪽 뺨을 내밀고 마음이 가난하니 하늘나라의 소유자라는 것이었다. 그런데 그 뻔한 이야기가 한결같이 비쩍 마르고 정에 굶주려 보이는, 누가 뺨을 치면 오른쪽이고 왼쪽이고 가릴 것 없이 그저 얻어터질 수밖에 없어 보이는 청소년들을 통해 나오니 뻔한 이야기가 아닌 것이었다. 뭐랄까, 가난한 과부의 동전 한 닢처럼 어떤 사람에게는 아무것도 아니지만 어떤 사람에게는 단 하나밖에 없는 어떤 것을 공짜로 구경하는 기분이었다. 그러므로 내 마음은 갈수록 불편해졌고 동전이, 과부가 애처롭다못해 어느 결에 미워지기까지 하는 것이었다.

그 자리에 있었던 사람들은 매월 일정한 액수를 기부하는 사람들이었고 어떤 사람은 노력 봉사로 후원하는 사람들이었다. 그리고 어떤 사람은 청소년 센터의 청소년과 자매, 형제, 부모의 인연을 맺고 있었다. 그들은 자신들의 언니, 누나, 동생, 형, 아들이 춤을 추고 노래를 부르고 대사를 욀 때는 안절부절못하다가 무사히 끝나면 그때마다 열렬히 환호하고 손뼉을 쳤다. 특히 아기 예수가 탄생하는 순간에는 그 자리의 모든 사람이 동박박사요, 들판의 양치기가 된 듯 "어서 가 경배하자"고 손잡고 노래했다.

공연이 끝나고 미사가 시작되었다. 수도원의 수도사들로 이루어진 중창단이 미사 내내 보이 소프라노의 음색으로 성가를 노래했다. 그 맑고 힘찬 목소리의 크리스마스캐럴처럼 강렬한 캐럴은 그때가 처음이었고 아직까지도 그같이 폐부를 찌르는 성가를 들은 적이 없다. 노래를 잘해서가 아니었다. "이 캄캄하고 추운 한밤중에 우리에게 내려온 헐벗은 예수" 같은 가사 하나하나가 모두 실감으로 다가왔기 때문이었다.

미사가 끝나고 그들은 서로를 껴안고 떡과 선물을 나누었다. 어느 한쪽이 주고 한쪽은 받기만 하는 게 아니었다. 안에서 정성껏 준비한 목공 인형, 밖에서 떠온 털옷이 오고 갔다. 그들 옆에서 나는 성의 없이 사들고 온 공장제품 기타 두 대를 떠올리며 혼자 어정거리고 있었다. 언제부터 목이 잔뜩 메어 있었는지도 몰랐다.

나중에 나는 어느 친구에게 들었다. "누구에겐가 힘써 베푸는 일은 우리의 뇌에 다른 것과 비교가 안 되는 지고한 쾌락을 안겨준다. 그러므로 베풀도록 해주는 존재의 발에 입을 맞추며 경배한다 해도 이상할 게 없다."

말 못하는 사람

조사장은 서울 을지로에서 자그마한 인쇄소를 운영하는 사람이었다. 그는 말을 심하게 더듬었다. 아예 말이 통하지 않을 정도로 심하게 더듬는다면 분명히 장애일 것이다. 사실 그를 처음 만난 사람들은 백이면 백, 그와는 말이 안 통한다고 한다.

그런데도 그는 그 어려웠던 '쌍팔년'(1955년)에 군대에 무사히 다녀왔고 3남 2녀 자식들을 잘 키워 성가시켰다. 사업을 하고 있으니 의사소통에 문제가 있었다면 애저녁에 망했을 것이다. 요컨대 그가 말을 더듬는 것이 그의 인생에 일부 영향을 미치기는 했지만 결정적인 것은 아니었다.

전화가 일반화하면서 말더듬이라는 그의 특성이 자주, 눈에 띄게 드러나게 되었다. 이를테면 이런 식이다. 일 때문에 밖에 나간 그가 회사로 전화를 걸어왔다. 마침 전화를 받은 사람은 들어온 지 며칠밖에 안 되는 신입 여직원이었다.

"네. 창녕인쇄입니다."

"……"

"여보세요? 말씀하세요. 창녕인쇄입니다."

"……"

"여보세요. 왜 전화를 해놓고 말을 안 하세요. 말씀하시라니까요."

"……"

이때쯤이면 다른 직원들이 눈치를 채고 수화기를 빼앗아 들게 마련이었는데 그날은 다른 직원들이 무슨 일로, 이를테면 대선 홍보물을 찍느라 눈코 뜰 새 없이 바빴다. 결국 여직원은 숨소리만 들려오는 수화기에 대고 "얌마, 너 중학생이지? 엄마 찌찌 더 먹고 와, 짜샤. 별 꼴이 반쪽이야" 외치고는 소리도 훌륭하게 철커덕, 하고 전화를 끊었다. 여직원이 들었던 그 숨소리는, 고장난 펌프를 계속 자아내는 듯한 소리로 표현을 해보자면 "바바박파프어파우파아파하" 같았다고 하는데 듣기에 따라서는 이른바 '음란 전화'로 분류될 수도 있었다. 그로부터 10분쯤 뒤에 다시 전화가 걸려왔다. 이번에는 상대편도 단단히 준비를 한 듯 여직원이 여보세요, 하자 '여보'라는 말까지는 들렸다고 한다. 그러나 이번에는 '세'에서 막혔다. "여보, 여보" 한 뒤에 끽끽거리더니 고장난 수도꼭지에서 물 새는 듯한 소리가 한동안 여직원의 고막을 울렸다. 표현해보자면 "세스스세스시시"쯤이다. 물론 여직원은 수도 고장 신고가 잘못 들어온 걸로 간주하고 다시 전화를 끊었다. 이윽고 한 시간쯤 지나 조사장이 헐레벌떡 회사로 돌아왔다. 문을 열고 들어서자마자 "누누니노누나노로롤르이" 하고 외쳤는데 그 말뜻은 대충 '누구야? 누가 아까 전화를 그따위로 받았어? 왜 상대방 말을 다 듣지도 않고 딱딱 끊고 그래! 박 과장 어디 갔어?' 이런 것이었겠지만 첫 대목 '누'에서 막히고 만 것이었다. 그 신입 여직원이 조사장의 말을 완전히 해득하게 되는 데는 주위의 열화와 같은 성원에도 불구하고 여섯 달이 걸렸다는 전설이 있다.

그후에는 다른 사람들이 그랬듯 여직원 역시 조사장의 편이, 팬이 되었다. 말씀 한마디 한마디가 언제나, 너무나, 인간적으로 심금을 울린다는 이유로. 말을 더듬는 게 오히려 듣는 사람으로 하여금 주의 깊게 듣게 만들었다. 스스로 힘들게 말함으 과장과 거짓이 없어 버릴 말이 없었고 허튼 말이 없으니 신뢰를 주었다. 조 사장은 말을 잘 못함으로써 누구보다도 말을 잘하는 사람으로 남는 한 경지를 보여주었다.

고금의 '말씀 고수'들은 말한다. 말이 많으면 자주 궁색해진다고. 기왕 말을 할 것이라면 직접적인 표현보다는 애매모호하게, 사람들이 각자 바라는 대로 해석할 수 있는 말을 남겨야 영향력이 강해진다고. 상대를 깎아내리고 상처 입히는 자기 주장으로는 일시적으로 이긴 것처럼 보일지는 몰라도 결국 스스로의 속셈만 드러낼 뿐, 지고 만다고.

개 구명조끼에 대한 생각

미국에서 나는 시곗줄을 새것으로 바꿨다.

내 시계는 스위스제다. 그리 유명하지는 않지만 어떻든 전 세계에 사십 개가량의 지사가 있는 회사의 생산품이다. 문제는 이 시계를 차고 다닌 지 1년 만에 쇠가죽으로 만들어진 줄이 땀과 물에 젖고 닳으면서 곧 떨어지게 생겼다는 것이다. 시곗줄의 내구성에 불만이 있는 건 아니었다. 인조가죽이 아닌 진짜 쇠가죽으로 만들어졌기 때문에 오래가지 못할 줄은 알고 있었다. 시계방 사람들은 끊어지지 않는 다른 줄, 이를테면 플라스틱이나 비닐로 바꾸라고 했다. 나는 그 시곗줄의 수공적인 느낌을 좋아했기 때문에 그 말에 따를 수 없었다.

나는 시계 상자에 들어 있던 보증서에서 그 시계 회사 한국 지사를 찾아 전화를 걸었다. 전화를 받은 직원은 마침 그 시곗줄의 재고가 떨어졌는데 한 달 뒤에 수입될 것이라고 했다. 나는 곧 떨어질 듯한 시

겟줄을 살살 달래가며 한 달을 보낸 뒤에 다시 전화를 했다. 그랬더니 같은 직원이 그 시곗줄이 아직 들어오지 않았지만 곧 들어올 것이라고, 내게 연락처를 남겨주면 자신이 연락을 하겠다고 하는 것이었다. 그뒤로도 한 달이 다시 지났는데 연락이 없었다.

그러던 어느 날 나는 드디어 내가 찾고 있던 줄을 발견했다. 그런데 그 줄은 상표만 다를 뿐, 모양까지 똑같은 시계에 달려 있는 것이었다. 소위 말하는 '짝퉁'이었다. 놀랍게도 '짝퉁' 시계의 값은 내 시계를 만든 회사의 한국 지사에서 말한 시곗줄의 가격보다 쌌다. 자칫 그 시계를 살 뻔했지만 그 시계에서 시곗줄을 빼낸 뒤에 그 시계를 어떻게 처리할지 도무지 생각이 나지 않아서 살 수 없었다. 그리고 순간접착제로 시곗줄을 임시변통하고 미국으로 갔다.

미국에서 나는 자형에게 이런 이야기를 들었다. 휴가를 갔다가 카메라를 바닷물에 빠뜨렸다는 것이다. 바닷물이 들어간 카메라는 녹이 슬어 쓸 수가 없다는 게 상식이다. 집에 돌아온 자형은 혹시나 싶어 카메라 회사 뉴욕 지사에 전화를 했다. 지사에서는 카메라를 가지고 와보라고 했고 카메라를 살펴보고는 고칠 수는 있는데 그곳에서는 어렵다며 기다려줄 수 있느냐고 했다. 자형의 대답은 당연히 "그럼요"였다. 이윽고 두 달쯤 뒤에 소포가 도착했다. 소포의 겉면에는 카메라 회사 본사의 주소가 적혀 있었고 소포 안에는 서비스센터 직원의 편지가 동봉되어 있었다고 했다. 미국에서 수리를 할 수 없는 것으로 결론이 나서 아시아의 본사까지 카메라가 왔다는 것, 고쳐서 보내니 잘 쓰시고 앞으로도 고장이 나면 언제든 찾아달라는 내용이었다. 이야기를 듣고 난 나는 "그 인간들, 정말 나쁘네" 하고 말했다. 물론 내가 카메라 회사를 비난한 건 아니었다. 자형은 어쩌면 평생 그 회사의 카메라만 쓸 것이기 때문에 다른 경쟁회사, 다른 나라에 나쁠 것이라는 의미다.

어떻든 그런 미국이라면 나는 내 시계의 줄을 바꿀 수 있을 거라고 생각했다. 그런데 그 시계 회사의 뉴욕 지사에 전화하기 전, 가까운 운동용품 전문점에 들렀다가 내 시계에 맞는 시곗줄을 발견했다. 땀이 많이 나는 격렬한 운동을 할 때 바꿔 쓰는 시곗줄을 따로 팔고 있었던 것이다. 그 줄은 원래의 내 시곗줄과 같은 줄은 아니었다. 그렇지만 짙은 녹색 나일론 실 소재라 수공의 느낌이 나고 내 시계에 잘 어울리는 듯했다. 나는 그 시곗줄을 집어들고는 오래 끌어온 숙제를 해결한 듯한 가벼운 기분으로 운동용품점을 돌아다니기 시작했다. 그러다 나는 반려동물을 위한 갖가지 운동용품을 파는 곳에서 발을 멈추었다. 그곳에서 나는 문제의 개 구명조끼를 발견하고 웃음을 터뜨리지 않을 수 없었다.

개가 식구와 다름없는 문화권에서 개를 데리고 캠핑을 간다는 것, 또 캠핑을 할 때 사람처럼 개도 밥그릇이 필요하다는 건 인정한다. 개 텐트도 이해할 수 있다. 개 배낭(개 줄, 개 옷과 개 빗, 개 펜던트, 개 샴푸 따위를 넣는 것 같다)도 이해한다. 개 야광조끼도 좋다. 그렇지만 개 구명조끼라니. 헤엄 못 치는 개도 있나? 그럼 개헤엄이라는 말이 뭐가 돼? 웃음을 멈추고 보니 그런 것들을 보고 웃는 사람은 아무도 없었다.

개 구명조끼는 있을 수 있는 모든 경우에 대비한 상품이다. 수영을 못하는 사람이 있듯, 혹은 수영을 할 줄 알면서도 낚싯배를 타면 구명조끼를 입듯 개에게도 구명조끼도 필요하다. 내 웃음은 개의 안전까지 존중하는 섬세한 배려를 접해보지 못해서 나왔던 것이다. 우리나라의 운동용품 전문점에서 사람의 구명조끼를 본 적이 없었기 때문에 더 그랬을지도 모른다.

한국에 돌아온 지 한 달이 넘었지만 스위스 시계 한국 지사에서는 여전히 연락이 없다. 그 회사가 원래 그런 건지, 한국이라서 그런 건지 알아볼 생각은 없다. 나는 지금의 시곗줄에 만족하니까. 앞으로도 이 시계에는 이 시곗줄을 계속 쓸 것 같다. 개에게까지 세심한 배려를 하는 상품을 파는 그 운동용품 전문점이 존속하는 한 시곗줄은 얼마든지 구할 수 있을 것이다.

장수 천국을 위하여

　몇 년 전에 서울 시내 어느 로터리 앞을 지나다 택시기사에게서 이런 말을 들었다. 그와 나는 그의 사투리 덕분에 막 동향이라는 걸 확인하고 난 참이었다.

　"이 로타리 생긴 기 한 삼십 년은 됐을 기라요. 그라이까네 박통朴統 때 건설한 기지. 그때 이 로타리 설계한 분 멋지기 했다고 박통한테서 표창까지 받았다 카던데 지금 그 사람이 대한민국에서 제일 욕을 많이 먹을 거를. 특히 우리겉이 기름밥 먹는 사람들, 이 로타리만 지나갈라마 아무리 나 겉은 양반 가문 자손도 욕이 저절로 튀나온다 카이, 참 내. 차선은 전부 다 일차선인데 이거를 아무리 잔대가리 굴리가이고 요래 확 비틀고 조래 싹 비틀고 해보이 도시 안 막힐 수가 있는가. 및 년 지나마 차가 얼마나 늘어날 기다. 한 십 년 뒤에는 얼마다…… 이 청개구리 올챙이 사촌 놈의 자슥이 꿈에도 생각 모하고 말이라. 하

여간 내가 이 자슥이 어데 사는지 알기만 하마 기양 집구석에 폭탄이
라도 콱 던지고 싶어, 진짜로."

나는 그의 과격성에 약간 놀라 "아, 욕 먹으면 오래 산다는데 너무
욕하지 마세요"라고 충고했다. 내 말이 먹혔는지 그뒤로 무슨 로터리
설계를 했다가 집에 폭탄이 날아들어 죽었다는 사람이 있었던 것 같
지는 않다.

그런데 정말 욕을 많이 먹으면 오래 사는 것일까. 이 말이 어디서
나왔는지는 몰라도 욕을 많이 먹을 위치에 있는 사람들이 지겹도록
오래 사는 것처럼 보이기는 한다. 높은 곳에서 좀처럼 내려오지 않고
그만큼 그림자도 길어서 그런 것이지 싶다. 오십을 넘기지 못한 조선
의 세조 임금이나 독일의 히틀러, 진시황은 예외로 보이지만 그들은
생전에 욕을 하는 사람들을 그때그때 죽인 덕분에 상대적으로 욕을
덜 얻어먹은 게 아닐까.

연전에 개통된 I교차로의 고가도로는 5년 이상의 건설 기간이 소요
되면서 주변 지역을 상습 정체 구간의 대명사로 만들었다. 완공 후에
보니 고가도로가 시작되는 곳 교각 한쪽에 고가도로의 이름이 새겨져
있고 그 맞은편 난간에는 시공자와 설계자의 이름이 적힌 명판이 들
어갈 자리가 마련되어 있었다. 그러나 움푹한 자리만 마련되어 있을
뿐, 한 해가 다 가도록 명판이 붙여질 기미가 없었다. 알고 보니 그 고
가도로를 개통하기 전에 무슨 연구기관에서 시뮬레이션인지 뭔지로
측정해본 결과 그 고가도로가 없는 편이 일대의 교통 소통에 훨씬 낫
다는, 고가도로 때문에 차량의 흐름이 자연스럽지 않고 차량 속도가
훨씬 떨어진다는 결론이 나왔다는 것이다.

그리하여, 그러므로 비어 있는 명판에 결단코 이름을 채워넣지 않을 모양인데, 당사자들을 오래 살게 하기 위해서는 하루 빨리 그들의 이름이 들어간 명판을 붙여야 한다는 것이 내 생각이다. 설계자, 시공자, 감리자, 공무원, 구청장, 국회의원, 시장, 대통령 기타 등등 손톱만큼이라도 관련된 사람들 전부. 글씨가 좀 작아도 괜찮다. 워낙 정체가 자주 일어나니 멀거니 앉아 있기보다는 그 이름들을 읽고 외워가며 기다리는 편이 훨씬 덜 지루할 것이다. 그래도 이름이 너무 많아서 들어갈 자리가 없으면 명예의 전당을 따로 세워서라도 그들의 빛나는 이름을 알리고 또 알려야 한다. 그들의 장수를 위하여. 나아가 우리 서로가 서로의 장수를 축원하는 아름다운 사회 분위기를 조성하기 위하여.

음식이며 물이며 공기는 나날이 나빠지고 난치병과 불치병, 여타의 치명적인 질병이 창궐하고 있는 이 마당에 한국 사람의 평균수명이 해마다 늘어나는 이유는 무엇인가. 나는 이 문제를 욕과 관련지어 연구해볼 것을 환경부와 보건복지부, 행정자치부, 그리고 내가 이름을 모르는 국가 지원 연구기관에 권고한다. 연구 보고서 뒤에 연구하고 보고하는 사람의 이름을 집어넣는 것도 잊지 말았으면 좋겠다.

다시, 장수 천국을 위하여

지난번에 우리나라를 '장수 천국으로 만들기 위해서는' 서로가 욕을 충분히 얻어먹을 수 있는 환경을 조성해야 한다고, 특히 정부 당국자들의 관심과 연구를 촉구한다 내용의 글을 썼는데 정부에서는 물론 사방에서 아무런 반응도 없었다. 왜 그런가 생각해봤는데 아무래도 내가 남들은 다 알고 이미 실천하고 있는 이야기를 뒤늦게 쓴 것 같다는 결론이 나오는 것이었다. 일단 내가 자주 다니는 S교차로의 공사장만 봐도 그렇다.

이 교차로는 7, 8년 전에 차선을 대대적으로 늘리고 고가도로를 설치하는 공사를 마쳤다. 그 공사에 걸린 기간은 잘 모르지만 규모로 미루어 4, 5년은 족히 걸린 듯하다. 그런데 준공한 지 여섯 달도 못 되어 다시 그 교차로의 지하를 파서 남북으로 연결하는 공사를 시작하더니 7년이 지난 지금까지 공사를 진행하고 있다. 사실 내가 그 공사의 개

요를 확인한 건 불과 며칠 전이다. 도대체 누가, 언제부터 언제까지, 왜, 무슨 공사를 어떻게 하는지도 모르고 7년이나 참으며 다닌 나도 대단하지만 더 대단한 사람들은 나와 같은 길을 아침저녁으로 출퇴근 하는 사람들이다. 내가 출퇴근을 했더라면 며칠 결근을 하는 한이 있어도 그 더럽고 시끄럽고 덜컹거리는데다 먼지투성이며 안전을 확인할 길 없는 공사판의 발주처, 공사 시행 주체를 알아내고야 말았을 것이다. 그만큼 교차로의 공사는 불편하고 성질을 건드린다.

그런데 며칠 전 나는 벼르고 벼르던 끝에 드디어 그 공사의 이름과 시행처, 기간이 적힌 팻말이 공사판 10미터쯤 앞쪽에 서 있는 것을 발견할 수 있었다. 그 길은 내리막이라 멈추기도 만만치 않고 팻말도 공사판 규모의 10만 분의 1 정도, 그러니까 가로 50센티미터, 세로 70센티미터 정도에 불과해서 내용을 알아보기가 어려웠다. 그러나 하늘이 도왔는지 내가 팻말을 발견한 그 순간 뒤에 따라오는 차가 없었고, 내가 차를 세우고 팻말에 적힌 많지 않은 글자를 판독하는 동안에도 가라고 재촉하는 차가 없었다. 며칠 사이에 다른 건 이미 기억이 희미해졌지만 확실한 것은 공사 기간으로, 완공일이 세 달쯤 지나 있었다는 것이다. 그리고 그 완공일도 벌써 몇 번이나 고쳤는지 다른 곳보다 페인트가 두껍게 칠해져 있었다. 어쨌든 '욕 먹으면 오래 산다'는 진리에도 불구하고 나오는 욕을 참지 못해 욕을 하려고, 해주려고 공사판 주변을 살펴보았더니 어느 직장 같으면 정년퇴직을 하고도 남았을 어르신들만이 청소 같은 잡일을 하고 있는 것이었다. 아무리 눈이 빠지게 쳐다보아도 그 외의 사람은 보이지 않았고 포클레인이며 크레인 같은 장비들도 모두 멈춰 있었다.

나는 잠시 감동했다. 그 노인들에게 장수의 기회를 주기 위해 이 모든 상황을 만들어낸 사람들, 가령 건설회사 현장소장, 건설회사 경영자, 감리자, 기타 공무원들에게. 자신들이 욕을 먹을 수 있음에도 불구하고 노인들에게 양보한 그 고귀한 정신에. 이 얼마나 투철한 희생정신이냐. 공사가 무한정 길어질수록 공사판을 대표하는 어르신들이 욕을 먹는 양도 늘어나고 수명 역시 무한으로 증가할 것이다. 아, 아름답다.

　그러다 문득 나는 대통령 후보를 단일화하기 위해 한 후보를 버리고 다른 후보 쪽에 가담했다는 어느 정치인을 떠올렸다. 영민하고 젊은데다 잘생기기까지 한 그는 욕을 먹으면 오래 산다는 이 진리를 조용히 실천하고 있었던 것이다. 그는 대통령이 어느 누가 되든 짧은 기간에 근래 보기 드물게 엄청난 욕을 먹을 것인데 아직 삼십대에 불과하다. 벌써부터 남보다 엄청나게 기나긴 노후를, 장수를 준비하고 있다니. 오 젊은이여, 나는 실로 두렵다. 그대의 빠른 변신, 논리의 자재한 전환, 그리고 쉬지 않는 발걸음이. 길이 영화를 누리며 오래오래 살지어다.

천지사방에서 인생 역전, 인생 역전 해대니

몇 해 전에 소위 '명예퇴직'이라는 말이 명예와는 전혀 상관 없이 사람들의 머리 위를 날아다닐 때의 일이다. 내가 단골로 가던 은행은 지점이 아니고 청원경찰을 합쳐도 직원이 예닐곱 명밖에 되지 않는 아담한 출장소였다. 무엇보다 아파트 단지 안에 있어 가깝고 조용해서 마음에 들었다. 어느 날 출장소의 소장이라는 사람이 자신들의 출장소를 마음에 들어하는 내가 마음에 들었는지 말을 걸어왔다. 그래서 난생처음 은행 창구 안으로 들어가 소파에 앉아 차도 얻어마시고 이런저런 이야기도 듣고 하는 특별한 대접을 받게 되었다. 나중에 알고 보니 다른 단골들도 한두 번쯤은 그 소파에 앉는 것 같기는 했다.

고향이 충북 어디라는 소장은 매일 목에 넥타이 졸라매고 출근을 하지 않아도 되는 부동산업자인 나의 자유가 부럽다고 잠깐 경의를 표하고는 요즘 은행원이 얼마나 파리 목숨인지에 대해서 한참이나 열을 올려 설명했다. 은행이 합병이 되면서 다시 명예퇴직 이야기가 나오는데 이제 자신과 비슷한 또래의 사십대 후반 차장급은 몇 명 되지 않을 것이라고도 했다. 나도 예의상 맞장구를 치면서 그 나이면 한창 자식들 교육에 돈이 들어갈 때이고 인생에 있어서 자신을 실현할 황금기인데 막무가내로 자르고 또 자르기만 하면 어쩌자는 건지 모르겠다고 흥분했다. 그래서 우리는 자연스럽게 점심을 같이 하기로 했고 가는 길에 흥분이 스러지지 않기를 바라면서 가까운 냉면집으로 향했다.

　냉면집은 그날따라 북새통이었다. 겨우 자리를 잡은 우리가 냉면을 주문하는데 뒤쪽에서 "김차장!" 하고 은행장, 아니 은행 지점장, 아니 은행 지점의 출장소하고도 최고참 소장을 누군가가 불렀다. 김차장의 얼굴은 금방 고객에게 친절을 다하는 은행원 특유의 표정으로 돌아갔고 고개를 돌려 부른 쪽을 향했다. 그리고 자신을 부른 그 인물과 몇 마디 인사를 주고받았다. 그런데 다시 고개를 돌린 그의 표정은 뭘 잘못 씹은 듯 그리 명랑하지 못했다. 그래서 나는 누구냐고 묻지 않을 수 없었다.

　"옛날부터 같이 근무하던 직원입니다. 상고 졸업하고 은행에 입사했을 때부터 제가 고향도 같고 해서 키워줬다면 키워준 직원이죠. 일차 명퇴 때 잘렸지요. 나 같은 사람이 키워준다고 할 정도니 무슨 빽이 있는 것도 아니고, 상고 출신에 일선 창구에서만 근무했으니 실력이 있다 한들 보여줄 기회도 주어지지 않았습니다. 그러다보니까 제일 먼저 잘린 거지요. 그때 참 많이 울더라고요. 저 붙들고 원망도 많이 했지요. 제가 희망을 주고 또 줘서 이렇게 됐다는 겁니다. 그땐 참

미안했지요."

냉면은 꽤 질겼다. 그는 가위를 사양하고 냉면은 앞니로 끊어 먹어야 제맛이라면서 말을 이었다.

"은행 그만두고 서울 근교에 있는 을러브호텔을 샀답니다."

그의 영어에는 새벽 학원 영어반에서 공부한 흔적이 강하게 묻어났다. 'L'의 발음이며 '텔'의 악센트며……

"그때 제가 미안하기도 하고 해서 엄청나게 무리하게 융자를 알선해줬지요. 그때도 술 한잔 마시고 고맙다고 내 앞에서 눈물을 죽죽 흘리던 놈이에요."

갑자기 '놈'이라는 말이 튀어나오는 바람에 놀라 나는 냉면을 끊지도 않고 삼켰다.

"을러브호텔에 방이 서른두 개랍니다. 하루 4회전만 하면 이만원씩만 순익을 봐도 이백오십육, 을러브에는 휴일도 없으니까 한 달에 칠천육백팔십…… 6개월 되니까 융자 싹 갚고 1년 뒤에는 을러브호텔이 두 개가 되대요. 두 개가 네 개 되는 데는 8개월, 네 개가 여섯 개되는 데는 5개월……"

소장은 고참 은행원답게 시간과 숫자에 무척 밝았다. 나는 그 장본인의 얼굴을 꼭 봐두고 싶었다. 나중에 관상 책을 쓸 때 써먹을 일이있을지도 모르니까. 하지만 그는 볼 수 없었고 그 대신 그가 우리가먹은 냉면값을 계산하고 갔다는 말을 계산대에서 들었다. 짜식이 어딜 냉면 한 그릇으로 때울라고…… 소장은 계속 툴툴거렸지만 나는그의 얼굴에서 왠지 모를 비애를 느꼈다.

꼬리에 꼬리를 문 세상

집으로 가는 길, 동네 입구를 통과하는데 웬 만국기가 걸리고 확성기로 울려퍼지는 노랫소리가 낭자하다. 면 단위의 시골에도 할인마트가 생겼다. 생김새를 한번 보자.

언제든지 차를 세울 수 있는 널찍한 주차장. 고맙기는 한데 원래 이런 시골에는 주차장이 없어서 차를 못 세울 사람은 없다. 차를 가지고 쇼핑할 사람도 그리 많을 것 같지 않다. 하여튼 그건 그렇다 치자.

시골에 흔한 공터를 빌려 말뚝을 박고 보름 만에 뚝딱 건물을 만들어냈다. 물건을 실어 온 트럭이 밤중까지 줄을 서더니 휘황찬란한 조명에 손이 닿지 않는 높이까지 상품이 진열되어 있다. 알라딘의 마술 램프가 부러우랴. 이 많은 물건이 안 팔리면 어떻게 하나, 밖에서 구경하는 시골 사람들은 시골 사람들답게 덮어놓고 걱정부터 해준다.

동네마다 현수막을 붙여놓고 만원 이상만 물건을 사면 경품을 주겠다고 한다. 행사 기간 동안 유명 탤런트며 가수가 온다고도 한다. 이 사람들 한번 왔다 가는 데 드는 돈은 얼마인가. 그 돈을 위대한 마트 주인장이 생으로 부담할까. 결국 물건값에 전가되는 게 아닐까.

시골 사람들이 가는 가게는 대부분 단골 구멍가게이다. 콩나물 한 봉지, 빗자루 하나도 늘 사는 곳에서 산다. 그런데 언젠가 올망졸망한 그 가게들 앞에 슈퍼마켓이라는 조금 더 큰 규모의 가게가 생겼다. 슈퍼마켓은 콩나물도 팔고 빗자루도 팔고 빨랫비누도 판다. 두 번 갈 걸 한 번 가게 되니 자연히 슈퍼마켓에 드나들게 되었다. 그러면서 예전 가게 앞을 지날 때는 미안해했다. 그래도 슈퍼마켓의 주인은 시장 상인 가운데 한 사람이었다. 온 가족이 모두 슈퍼마켓의 직원이다.

그러나 할인마트의 주인은 누구인지 모르겠다. 누구가 아니라 '무엇'일지도 모른다. 사람이 아닌 기업, 자본이겠다. 자본은 폭풍처럼 세상 이곳저곳을 떠돌아다니다가 약하고 만만하면서 먹을 만한 무엇이 있는 곳이 보이면 맹수처럼 덮친다. 규모의 경제라느니, 유통의 혁신이라느니 공장과 소비자의 직결이라느니 하는 시골 사람들이 잘 모를 말로 휘감긴 물건을 묶음으로 들여다 판다. 가수도 데려오고 음악도 틀고 어김없이 만국기가 휘날린다. 이 사냥꾼 기질을 타고난 자본의 조국은 '만국'인가.

주차장에 차를 세우고 쇼핑카트를 끌며 없는 게 없는 물건 사이로 돌아다니자니 어딘지 내 주제에 맞지 않는다는 느낌이 든다. 농사짓거나 장사하는 사람들은 아무도 대형 할인마트를 원하지 않는다. 원해서 오라고 한 적도 없다. 잘못이 있다면 사냥꾼 자본에게 만만하게 보인 것이고 없으면서 뭐가 남아 있는 것처럼 보인 것이다.

곧 슈퍼마켓들이 쓰러질 것이다. 구멍가게는 말할 것도 없지만 슈퍼마켓처럼 쓰러지면서 소리를 내지는 않는다. 속절없이 당한다. 그렇게 곳곳에 포탄이 떨어진 자리 같은 흉물스러운 몰락의 형상을 남겨놓고 어느 날 초대형 할인마트는 떠나간다. 지을 때 쉽게 지은 만큼 뜯는 것도 쉽고 떠날 때 말도 없다. 남아 있는 빈터는 오래도록 우리 면민의 가슴을 아프게 할 것이다. 할인마트 때문이 아니라 할인마트 때문에 문을 닫은 단골 가게들과 슈퍼마켓의 주인 얼굴이 생각날 것이라서.

신문을 보니 우리 면에 새로 들어온 자본은 아무것도 아니다. 어느 대형 할인매장은 전국에 수백 개의 체인(이런 경우 체인이라는 용어도 어째 쇠사슬, 식칼과 함께 쓰일 때처럼 섬뜩하다)을 내고 다른 체인 업체와 경쟁적으로 증식하고 증식하리라고 맹세하고 있다. 내가 아는 체인 가운데 하나는 시청에서 공무원이 파견 나와 주민등록등본도 떼어주고 민원도 대행하고 있다. 공무원이 왜 특정 민간기업에 와서, 그것도 대부분 노는 모습을 보여주는가. 나는 이해가 가지 않았지만 남의 시 일이라 그런가보다 했었다.

초등학교 자연 시간에 본 그림이 생각났다. 눈에 보이지도 않는 크기의 플랑크톤을 작은 물고기가 먹고 그 물고기를 조금 더 큰 물고기가 먹고 그 물고기의 꼬리를 더 큰 물고기가 물고 있었다.

내 꼬리를 물고 있는 위대한 녀석은 누구일까. 할인마트에 들어서며 나는 뒤를 돌아본다. 다행인지 불행인지 사람인 내게는 꼬리가 없다. 카트의 꼬리가 꼬리에 꼬리를 물고 있을 뿐이다.

B시에서 운전하기

고속도로에서 빠져나와 B시로 들어갈 때마다 나는 긴장한다. 몇 번 와봤지만 긴장감은 여전하다.

B시는 오래된 도시여서 시내 간선도로가 좁고 신호는 많다. 보행자들은 신호를 잘 지키지 않는다. 자전거, 오토바이를 언제 만날지 알 수 없고 세발자전거를 차도에서 본 적도 있다. 그러므로 언제 사람이 차도로 뛰어들지 몰라 속도를 줄이고 천천히 가야 한다. 그런데 B시의 운전자들은 외지에서 온 느림보 차량의 사정을 이해해주지 않는다. 불빛을 비추고 경적을 울리는가 하면 손가락질을 하기도 한다. 한 번은 어느 노인이 누가 뒤에서 밀치기라도 한 듯 빠르게 차도로 뛰어나왔다. 나는 급정거를 했고 아슬아슬하게 사고를 모면했다고 한숨을 내쉬었다. 노인은 느릿느릿 내 눈앞을 지나쳐 중앙선을 넘어갔다. 그런데 맞은편에서 오는 차들은 노인이라고 봐주는 법이 없었다. 노인

을 보고는 오히려 속도를 높여 노인이 나머지 길을 건널 수가 없게 했다. 스무 대가 넘는 차가 지나갈 때까지 노인은 길을 건너지 못했다. 운전자들은 일치단결해서 길 가운데 노인을 세워두고 보행 질서 교육을 시키기로 한 듯했다. 그걸 구경하고 감탄하고 어쩌고저쩌고 하느라 내가 지체하자 언제 다가왔는지 뒤차에서 경적이 울리고 불빛이 번쩍였다.

또한 B시의 운전자들은 외지에서 온 차를 보면 슬그머니 뒤로 다가와서 깜짝 놀라게 하는 취미가 있는 것 같다. 차선을 바꾸려다가, 방향을 전환하다가 느닷없이 울리는 경적에 놀란 적이 한두 번이 아니다. 심지어는 음식점 주차장에서 후진을 하다가 어느새 나타난 차를 받을 뻔한 적도 있는데 그때 그 차의 운전자 표정은 받아주기를 고대하는 이의 바로 그것이었다. 시비가 일어나면 백전백패가 명약관화다. 언젠가 외지에서 온 차가 B시의 차와 접촉 사고를 냈는데 5분도 지나지 않아 구름처럼 많은 응원단이 모여드는 것을 보았다. 외지에서 온 차량의 주인은 군중을 보고는 얼굴이 하얗게 질려 두말없이 돈을 내놓고 물러났다.

B시 외곽으로 우회도로가 난 것은 2년 전쯤이다. 6차선의 늠름한 우회도로에는 과속 차량을 단속하기 위해 카메라를 달아놓았다. 그런데 그 모든 카메라가 작동하는 건 아니라는 사실을 B시의 운전자들은 알고 있다. 나는 B시의 운전자들이 알고 있다는 것을 알 뿐, 어느 카메라가 작동하는지 또 작동하지 않는지 몰라 규정 속도를 지켜 주행한다. 그러노라면 여지없이 B시 운전자들의 비웃음을 산다. 그들이 비웃는 방법은 이렇다. 내 옆차선을 내 차의 속도보다 1.5배쯤의 속도

로 지나쳐 아무런 신호 없이 내 앞으로 확 끼어드는 것이다. 2차선을 가다보면 오른쪽에서도 끼어들고 왼쪽에서도 끼어든다. 먼저 비웃으려던 차 두 대가 내 앞에서 부딪칠 뻔한 적도 있었다.

최근에 이 6차선 도로를 주행하다 놀라운 광경을 보았다. 1차선은 승용차가 가고 있었고 2차선은 승합차, 3차선은 덤프트럭이었다. 세 차는 동창생이라도 되는 듯 나란히 100킬로미터 정도의 속도로 주행하고 있었다. 나는 그 뒤를 따라 2차선을 주행하고 있었다. 갑자기 내 뒤에서 검은 지프가 쉬이이익 하고 유령 같은 소리를(유령이 소리를 낸다면 말인데) 내며 달려들었다. 지프는 규정 속도인 80킬로미터로 운행하는 나를 가볍게 추월하더니 일단 1차선으로 차선을 바꾸어서 한동안 승용차의 뒤를 따라갔다. 1차선을 주행하는 승용차가 속도를 올릴 기미가 없자 2차선으로 차선을 바꾸었는데 차선을 바꾸면서 신호를 하지 않는 것은 물론이고 오른쪽, 왼쪽으로 성냥개비 부러뜨리듯 급히 꺾는 솜씨가 실로 경이적이었다. 2차선의 승합차는 옆 차와 나란히 같은 속도로 주행하고 있었다. 그러자 지프는 3차선을 가는 덤프트럭 뒤로 자리를 바꾸었다. 덤프트럭은 지프에 자리를 내주고 싶어도 내줄 수가 없는 입장이었다. 지프는 움찔움찔하며 앞으로 튀어나갈 기회를 노리다가 결국 갓길로 뛰쳐나갔다. 흙먼지를 일으키며 갓길을 통과한 지프는 세 차량을 원망하는지 비웃는지 웃기려는 것인지 애교를 부리는 건지 모르겠지만 한꺼번에 세 차선을 가로지르며 시위를 하다가 사라져갔다.

이 6차선 도로에서 나도 한번 호되게 당한 적이 있다. 무심코 1차선을 주행하던 나는 뒤차가 어느새 바짝 붙어 따라오고 있는 것을 알게

되었다. 2, 3차선이 다 비어 있었고 내 차의 속도는 규정 속도보다 15
킬로미터 가까이 초과한 상태였다. 내 뒤를 따라오는 차는 마치 내 차
의 엉덩이에서 냄새라도 맡는 듯 코를 바짝 들이대고 내가 빨리 가면
빨리, 느리게 가면 느리게 따라왔다. 그 차를 떼놓으려고 과속을 하게
되었고 원래 내가 가려던 곳을 지나쳐 10여 킬로미터를, 내가 왜 어디
로 무엇 때문에 가는지도 모르면서 같이 미쳐서 달리고 또 달렸었다.

B시에 사는 내 친구는 사실 B시의 운전자들은 순진하다고 말한다.
B시 운전자들은 차를 자신의 몸이나 인격의 연장으로 생각하고 때때
로 말이나 개처럼 좋아한다고도 한다. 그래서 차도 사람처럼 장난을
치고 골을 내고 위협하고 경쟁하는 것인가. 내 친구는 또 말했다.

"사실 우리 동네에 서울에 차 끌고 갔다가 심하게 당하고 온 사람
들 많아. 나도 갔다 왔는데 서울 애들, 어떻게 잘 끼어드는지 끼어들
틈만 있으면 무조건 끼어들고 보더라. 운전하는 것도 아주 빼질빼질
해가지고 조금만 마음에 안 들면 불 비추고 빵빵거리고…… 아주 이
가 다 갈리더라구. 그래서 말야, 우리가 서울서 온 차 보면 환장하는
거지. 너도 조심해 짜샤, 친구만 아니면……"

아, 이건 무슨 색? 지방색은 아니고 차색인가, 운전색인가.

수익 모델과 건달들

　근래에 인터넷 업계에 종사하는 사람들을 만나 슬픈 이야기를 전해 들었다. 이른바 인터넷 벤처기업들 대부분이 수익 모델이 없어 회사가 망하고 자본은 스러졌으며 사람들이 희망을 잃었다는 이야기였다. 그게 슬펐던 건 아니었다. 모르는 사람들의 이야기이고 이미 그런 이야기는 매스컴에서 숱하게 다뤄 내 감각이 무뎌진 터였다. 내가 슬펐던 것은, 그나마 남아 있는 유수한 벤처기업들의 수익 모델이 대부분 도박-게임이라는 것 때문이다.

　도박이 반드시 나쁘다는 것은 아니다. 나도 도박을 좋아한다. 도박의 세계에서 목도하는 인간의 적나라한 모습, 땀냄새와 피 냄새는 권태로운 일상을 갱신하는 넥타요, 로터스다. 2,500여 년 된 공孔씨 성을 가진 어느 선생도 아무것도 하지 않는 것보다는 노름이라도 하는 게 낫다는 어록을 남겼다. 거기서의 노름은 박혁博奕, 바둑이긴 하지만.

　도박만으로는 세상이 성립하지 않는다. 일상의 세계가 있어야 일상을 탈출할 수 있는 법이고 탈출은 복귀의 유혹과 길항하면서 더욱 짜릿해진다. 그런데 이른바 코스닥에서 잘나가는 벤처회사의 대부분은 도박-게임, 그것도 온라인 게임을 개발한 회사들이고 그것을 수익 모델로 한다는 것이다.

　한국은 인터넷에서만은 선진국이라고 할 만하다. 광통신과 컴퓨터 보급률 같은 인프라가 그렇고 사람들의 교육 수준이 인터넷 보급에 최적이다. 그런데 이 인터넷을 유지하게 하는 가장 큰 원동력이 도박-게임이라니.

　온라인 게임의 세계에 들어가면 자신의 캐릭터를 가지게 된다. 캐릭터는 분신이 되고 캐릭터의 무기와 힘은 자신의 권화가 된다. 무기와 힘이 모자라면 일상 세계와 마찬가지로 서럽다. 이럴 때 일상의 무기, 곧 돈으로 사이버 세상의 무기를 사고 판다. 어릴 때 딱지놀이, 구슬치기를 하다가 져서 다 빼앗기면 집으로 가서 돈을 훔쳐서라도 가지고 나와 딱지와 구슬을 샀다. 지금 생각해보면 아무것도 아닌 딱지와 구슬이 그때는 그렇게 소중할 수가 없었다. 이게 지금 인터넷의 잘나가는 회사의 수익 모델에서 일상적으로 벌어지고 있는 일이다. 아이뿐 아니라 어른들도 딱지놀이를 하던 어린 시절로 퇴행한다. 심지어 폭력조직의 건달들이 피시방에서 온라인 게임을 하다가 자신의 캐릭터가 '죽거나 혹은 나쁘거나' 하게 되면 온라인 게임 회사를 찾아가 내 캐릭터를 살려내라고 협박을 한다는 이야기도 들었다. 나는 웃었지만 한편으로 슬펐다. 아, 위대한 조폭들이 그런 사소한 일로 함부로 문신을 드러내고 배를 유리로 긋다니.

나도 온라인으로 바둑을 두었는데 승률에 따라 승단과 강단이 되도록 한 시스템이 원망스러웠던 적이 있다. 그런데 나중에 알고 보니 점수를 자기 맘대로 조작하는 방법이 있었다. 다른 사람의 주민등록번호를 이용해서 캐릭터를 만들고 두 대의 컴퓨터로 동시에 접속해서 이기면 된다. 지는 쪽은 점수가 내려가지만 그 사람은 원래 바둑과는 아무 상관이 없는 사람이다. 그런 방법을 알게 되자 점수에 연연하고 승패에 일희일비하는 것이 아무런 의미가 없었다. 나는 다시 옛날식으로 나무 바둑판에 돌로 된 바둑알을 올려놓는 일상의 게임으로 돌아갈 것을 심각하게 고려하고 있다. 상대가 없어서 문제지만.

그런데 또 들으니 온라인으로 바둑을 두게 해주던 회사들은 대부분 망했고 망해가고 있고 망할 것이라고 한다. 오호라, 박혁은 수익 모델이 아닌 것이다. 아직 살아 있는 회사들은 앞으로도 살아남기 위해 유료화를 검토하고 있다는 소리도 들었다. 그건 오늘날 대한민국을 인터넷 선진국으로 만든 중차대한 요소 가운데 하나와 정면으로 배치되는 일인데 잘될까. 그 요소의 이름은 좀 긴데, 백의민족이라면 누구나 수긍하는 이름인데, 그 이름은 바로, '공짜라면 양잿물도 마신다'이다. 차라리 '외상이면 소도 잡아먹는다'와 협력체제를 구축하는 게 어떨지.

아파트 건설 공화국

　몇 해 전 5월에 내가 태어나 자란 시골집에 들렀을 때의 일이다. 어린 시절 늘 앉던 마루에 앉아 남쪽을 보니, 으레 있을 줄 알았던 갑장산의 정상이 보이지 않았다. 새로 지은 아파트가 마을과 산 사이를 가로막고 있었던 것이다. 나는 기氣가 탁, 막혔다.

　갑장산은 내가 자란 시골에서 눈에 보이는 산 중에서 가장 높은 봉우리였다. 여름이 오기 전에 갑장산의 계곡에 가서 미리 물을 맞으면 여름내 땀띠가 나지 않는다는 믿음이 갑장산이 올려다보이는 마을에 사는 사람들 사이에 널리 퍼져 있었다. 얼음처럼 차가운 계곡물과 짙은 그늘을 생각하는 것만으로도 더위가 식었다. 갑장산으로 가는 길가에 있던 사과 과수원에 막 거둬들인 보리쌀을 한 됫박 가지고 가면 자루 가득 푸른 사과를 넣어주었다. 사과를 생각하는 것만으로도 입에 침이 가득 괴곤 했다.

갑장산에 무슨 영기가 깃들여 있고 갑장산의 기를 받아 태어나는 아기가 영특하다거니 하는 말은 있어도 없어도 그만이었다. 갑장산은 본시 '그런 것自然'이었다. 갑장산을 보며 자라다 도시로 떠난 사람들의 마음속에서 갑장산은 상상봉上上峰으로 치솟아올랐다. 그 마음 안팎의 풍경을 어느 대도시 건설회사에서 지은 몇 동의 아파트가 없애버린 것이었다. 수천, 수백 년 동안 존재해왔던 그 조화를 단 몇 년 만에 탁, 멋지게도 없애버렸다.

물론 그 아파트에서는 갑장산도, 갑장산 건너편의 전원 풍경도 잘 보일 것이었다. '잘 보인다'는 것은 '뷰view가 좋다'로도 표현되고 '조망권'으로 쓰일 수도 있다. 그 아파트에 사는 수백 가구를 위해 누대를 거주해온 재래식 가옥 수천 가구 식구들의 뷰, 조망권이 희생되어도 좋은 것일까. 이 오만방자한 발상, 독점욕은 도대체 누가 어디서 가져온 것인가. 그 건설회사가 있다는 대도시에서 왔는가. 나는 괜히 억울하고 약이 올랐다.

알고 보니 그 아파트에 들어가서 사는 사람들도 중도금과 잔금을 내느라 저마다 빚을 지고 있다고 했다. 다른 전망 좋은 곳에 지어지는 아파트들에 들어가는 돈도 시골에 머물러 있는 게 아니었다. 그 돈은 대도시의 건설회사로 갔다. 월말마다 은행 앞에 아파트 대금을 바치는 사람들이 줄을 서고 있었다.

정리하자면 이렇다. 시골 사람들이 혹할 만한 곳에 아파트를 짓고 얼을 빼는 광고로 입주를 하게 한 다음에 시골 경제의 등골과 같은 목돈을 빼간다. 남은 것은 부조화스러운 아파트와 아파트 때문에 빚을 진 시골 사람들이다. 명목이 어떻든 사실이 그렇다. 그 이야기를 듣고 나서 나는, 그 아파트를 지은 회사가 어서 망해버리라고 저주하지는 않았지만, 죽으면 죽었지 번창하라고 빌 수는 없었다.

농촌 들판에 소형 아파트 수백, 수천 가구분이 지어지고 있다. 농사꾼이 아파트에 들어가 살 것 같지는 않고 갑자기 농촌 인구가 불어날 리도 없는데 하루가 다르게 이곳저곳이 파헤쳐지고 철골과 콘크리트 덩어리가 하늘을 찌른다. 아무데나 말뚝 박고 아파트를 지어대는 게 무슨 운동회를 하는 양이다. 분양 현장에 펄럭이는 만국기가 운동회 분위기를 한층 고조시킨다. 예전과 다른 것이라면 대도시의 건설회사보다는 지방의 중소 건설회사가 아파트를 짓는다는 것이다.

건설회사는 땅만 확보하면 국민주택기금에서 3~4퍼센트의 장기 저리 자금을 융자받아 자기 돈은 거의 들이지도 않고 임대수익을 거둘 수 있다. 쉽게 돈을 벌 수 있다는 소문이 나서 너도나도 아파트를 지어대니 분양이 제대로 될 리 없고 건설회사가 부도가 나는 일은 비일비재하다. 부도가 나면 또다른 사람의 명의를 빌려서 다른 곳에 아파트를 지어댄다. 자치단체도 눈에 보이는 실적을 외면할 수 없어서 그러는지 허가를 쑥쑥 내주니 논바닥에도 아파트, 과수원에도 아파트다.

몇 사람의 이득과 몇 사람의 전시 행정과 몇 사람의 운동회를 위해 우지끈 뚝딱 산과 농토를 허물고 똑같은 모양의 아파트를 지어대어 하늘과 산을 가리고 물길을 끊고 뒤섞는다. 전국이 다 비슷한 모양으로 변해간다. 중소도시가 그러더니 이젠 농촌까지 똑같아진다. 콘크리트 건물은 썩지도 무너지지도 않아서 앞으로도 수십, 수백 년은 그 모양으로 버티고 있을 것이다.

내가 알기에 몇 년 전 시골 중소도시에 아파트를 지어대던 회사들은 다 망했다. 앞으로 몇 년, 혹은 몇십 년이면 오늘날 농촌에 마구잡이로 아파트를 지어대는 회사도 죄다 망할지 모른다. 그리고 남는 것은 무엇일까. 무책임, 전시행정의 기념비, 원래대로 되돌릴 수도 없는 흉물스러운 자취일 것이다.

갈 데까지 가보자

　서력西曆하고도 20세기를 5분쯤 남겨두었을 때 나는 그 시간에 만나기로 한 사람의 휴대전화로 전화를 걸었다. 그랬는데 '통화량이 많아 연결할 수 없다'는 메시지만 계속 흘러나오는 것이었다. 될 때까지 미욱스럽게 연결하려다보니 어느 샌가 21세기가 와버렸다. 세기의 전환을 함께 기념할 가족과 벗, 사랑하는 사람이 얼마나 많으면 전화가 불통이 될까. 남들이 하는 대로 따라하는 것이든, 자발적이든 새로운 밀레니엄에 의미를 부여하고 기념하는 한 우리는 서구적인 시간관, 문화권의 전통에 이미 깊숙이 들어가 있는 셈이다.

　서력을 만든 문화권의 전통 가운데 내가 특히 눈여겨보는 것은, 어지간한 사람이면 '갈 데까지 간다'는 점이다. 과거-현재-미래로 이루어진 단선적인 시간관 속에서는 시동이 걸리면 어차피 갈 데까지 갈 수밖에 없는지도 모르겠다. 이 세계의 유한성, '나'의 한계, 실존의 부조리함을 뼛속까지 인식하고 실천하는, 혹은 저지르는 '갈 데까지 가보자'가 때로는 부럽고 때로는 무섭다. 한 사람이 갈 데까지 가지 못하면 다른 사람이 그 뒤를 잇고 한 사람이 갈 데까지 가면 다른 사람은 또 새로운 방향으로 갈 데까지 간다. 콜럼버스가 서인도를 발견하고 니체가 인간 속의 심연을 응시하게 된 데는 이 '갈 데까지 가보자'가 중요한 역할을 했음은 의심할 여지가 없다. 같은 맥락에서 돈키호테가, 카사노바가 갈 데까지 갔다.

60갑자, 24절기를 쓰는 동양의 순환적인 시간관 속에서는 갈 데까지 간다는 건 의미가 별로 없다. 결국 돌아오게 된다는 것을 알고 있기 때문이다. 갈 데까지 가겠다고 어렵게 마음먹고 나서면 식구가, 벗이, 온 마을이, 심지어 조상까지 벌떡 일어나 말린다. 그래봤자 결국 마찬가지라고.

지금 우리 역시 어느 면에서는 갈 데까지 갔다고 말할 사람이 있을지도 모른다. 제 식구를 아끼고 감싸는 것을 넘어 불법을 불사하는 사람들로 법정이 붐빈다. 성공한 스프츠 스타, 예술계, 연예계 스타의 뒤에는 반드시 부모의 헌신적 지원과 희생이 따른다. 제 핏줄과 태어난 곳과 배운 곳에 연연하는 것은 또한 단연 금메달감 아닌가. 올림픽에 그런 종목이 없다는 것이 한스러울 정도로.

그러나 갈 데까지 가는 것은 결국 혼자이고 혼자여야 한다. 중국의 선승 임제臨濟義玄(?~867)가 말했듯 "부처를 만나면 부처를 죽이고, 조사祖師를 만나면 조사를 죽이며 나한을 만나면 나한을 죽이고, 부모를 만나면 부모를 죽이고, 친척권속을 만나면 친척권속을 죽여야만 비로소 해탈하여 어떠한 경계에서도 투탈자재透脫自在하여 얽매이지 않고 인혹人惑과 물혹物惑을 꿰뚫어서 자유자재하게 된다."

갈 데까지 가는 인간은 독한 인간이다. 왕좌를 버린 부처, 사랑하는 사람의 집으로 자신을 데려다준 말의 머리를 베어버린 김유신은 독한 영웅들이다. 역사 속의 영웅을 본받아 우리 속의 나, 내 속의 나, 앞이 보이지 않는 길을, 계획할 수도 없는 길을, 등불도 없이 더듬거리며 삐걱거리며 나아간다. 믿을 건 오직 독한 마음, 현존하는 육체와 오감뿐. 그러나 갈 데까지 가고야 마는 불굴의 정신은 때로 감각과 논리를 뛰어넘는 영감을 계발하게 한다. 살고자 하는 몸부림이 초인을 낳는다.

그러나 아직까지도 우리의 현실은 '사촌이 땅을 사면 배가 아프고' '내가 크려면 나보다 조금 더 큰 놈의 무엇을 물고 늘어지는' 진창 속의 개싸움 형상이다. 남의 호박에 말뚝을 박는 데는 고수지만 제집 전구 하나도 갈아끼우지 못하는 이상한 명망가들이 소맷바람을 일으키고 있다.

문화에는 아직 전인미답의 신대륙이, 동굴 속의 용이 지키는 황금이 수두룩하다. 갈 데까지 가지 않으면 얻을 수 없다. 독하지 않으면 영웅이 될 수 없다.

오합지졸의 힘

오랜만에 개봉관에서 영화를 보았다. 생일이었기 때문에(어릴 때 내 생일과 예수의 생일에 형은 꼭 성인용 영화를 보여주었다. 내 돈을 내고 보려니 지금은 가고 없는 형에게 감사하는 마음이 절로 났다). 전 세계 수천만 명이 이미 본 영화이니 굳이 제목은 말하지 않겠다. 보고 나서 돈이 아까웠으니 더더욱 말할 수가 없다. 난 이상한 신념을 가지고 있는데 어떤 졸작에서도, 괴물에게서도 한두 가지 배울 점은 있다는 것이다. 이 영화에서도 인상적인 장면 하나라도 건져야겠다고 이를 갈며 노력한 결과 다음과 같은 장면 하나가 기억에 남았다.

우주 전함에서 똑같이 생긴 로봇 병사를 세트로 내려놓는다. 로봇들은 내리자마자 정연하게 대오를 갖추고 전진하기 시작한다. 수십만의 로봇 군대를 맞아 싸워야 하는 상대는 어떤가. 괴상망측한 짐승을 타거나 중구난방으로 잡담을 해가며 걷고 있는 외계인 오합지졸이다.

로봇 군대는 규율과 통제, 효율을 과시하면서 계속 전진한다. 오합지졸들은 말 그대로 시끄럽고 무질서하고 각자가 어디로 튈지 모르는 군대 같지도 않은 군대이다. 피동적으로 방어막을 쳐놓지만 계속되는 공격에 언제 무너질지 모른다. 결말을 알고 있는 사람이 수천만이 넘겠지만 다시 이야기해보자.

서로의 공방이 치열해지면서 외계인 쪽에 막대한 피해가 발생한다. 거기다가 오로지 전투만을 위해 제조된 대형 로봇이 등장하면서 상황은 생물 군대 쪽에 절망적으로 돌아간다. 그러나 이건 영화다. 영화를 돈 내고 보는 것은 로봇이 아니라 나 같은 생물, 곧 사람이다. 영화를 만든 사람들은 어떻게든 생물 쪽에 승리를 안겨주게 되어 있다. 이 로봇 군대를 통제하는 모함이 우주에 떠 있는데 전투를 전자오락쯤으로 여기는 어느 소년이 우연히, 어떻게 하다, 거의 실수에 가깝게 이 모함을 파괴하자 한순간에 로봇들은 힘을 잃고 쓰레기가 되어버린다. 이렇게 영화는 관객이 인간임을 이상한 방법으로 확인시켜준다.

지금까지 통하는지는 모르겠지만 '군대는 줄이다'라는 말이 언제인가 군대에 있었다. 규율과 훈련의 표상이 줄이고 줄이 잘 맞춰진 군대가 강한 군대라는 뜻이겠다. 그러나 한편으로는 줄을 잘 서야 군대생활이 편해진다는 뜻도 되었다. 더 나아가 든든한 줄을 잡아야 한다는 냉소적인 비유가 되었다.

여러 사람이 함께 통행하는 도로에서 줄은 곧 질서다. 일상생활에서 줄은 염치고 순서다. 또한 못된 의미에서의 줄도 존재한다. 흔히 말하는 로비스트는 줄 타는 선수들이라고 할 수 있다.

군대가 아니면서 줄을 잘 맞추는 집단이 있다. 겉으로 위세당당한 집단일수록 내부적으로는 유치하고 잔인한 폭력을 행사한다. 이런 집단은 구성원의 자발성이나 창의보다는 미리 정해진 방법에 따라 규칙적이고 기계적으로 과업을 수행하는 것을 존중한다. 별것도 아닌 것을 가지고 나라를 책임진 양 으스대며 자신들이 계급 상승과 훈장의 집단 최면에 빠져 있다는 것을 모른다. 이런 특수한 집단이 사회 전체 구성원에게 압도적인 영향을 미칠 때, 세상은 재미가 없어진다. 이런 엘리트가 지도자가 되면 그의 손가락이 가리키는 방향에 따라 수용소가 생겨나고 제멋대로의 전쟁이 터질지도 모른다.

이런 사태를 예방하려면 어떻게 해야 할까. 어디로 튈지 모르는 인간, 분산되고 분화된 가치, 산만하고 사소하며 우연적인 지엽 말단, 그러나 어떻든 인간적인 일상을 지구 종말의 그날까지 존속시켜야 한다. 어떤 거대한 통제 집단이 하낫, 둘, 셋 구호를 맞춰서 뛸 때 지축이 어긋나는 부작용을 막을 수 있는 건 분산의 전략이다. 그래서 획일화된 힘을 상충하고 분산시키고 나름의 항상성을 유지할 각 개체, 곧 하나, 둘, 셋으로 헤아려질 수 있는 존재들, 엔지니어도 벤처 사업가도 나 같은 백수건달도 귀한 법이다. 그러나 줄을 잘 맞추는 것만을 능사로 아는 로봇들은 언제 어디서 어떤 명령을 받고 날아올지 모른다. 영화 속에서, 또 스크린 밖에서.

농사를 모르거든

지금 내가 앉아 있는 곳은 경기도하고도 이천이다. 쌀이 유명하다는 그 이천. 이 지방에서 나는 쌀은 궁중으로 진상되었다고 해서 '임금님표'라는 포장으로 딴 곳에서 나는 쌀보다 훨씬 비싼 값에 팔린다. 왜 이천에서 나는 쌀이 맛있는가. '임금님표 이천쌀'의 포장지에는 물, 토지, 기후 덕택이라고 씌어 있다.

이천에서도 제일 남쪽인 율면하고도 오성리에서는 그 말의 의미가 훨씬 더 명확해진다. 오성리에서 논에 대는 물은 대부분 관정으로 판지하수다. 이천시 율면 쪽에서는 매산이라고 부르고 반대편 충북 음성군 삼성면 쪽에서는 마이산으로 부르는 푸근한 산은 큰비, 큰바람을 가로막아준다. 땅은 찰지고도 기름지다.

올해 벼농사가 시작되기 전에 이장에게 막걸리를 뇌물로 바치면서 농사를 한번 지어보겠다고 애걸했다. 막걸리 몇 잔에 코가 빨개진 이장은 특별히 문전옥답 두 마지기를 내주겠다면서 다른 논보다 관개가 더 잘되고 길에서 가까워 농기계가 멀리 돌아갈 필요도 없는 상답이라고 했다. 그런데 나는 논을 갈기 전에 제초제며 화학비료를 치고 모를 내고 난 뒤에도 그런 과정을 되풀이한다는 게 마음에 걸렸다.

"농약을 안 쓰면 안 될까요? 화학비료도 꼭 써야 하나요?"

이장은 농약은 대략 보름쯤이면 빛과 비 따위로 분해가 되어 벼를 수확할 때가 되면 인체에 영향이 없을 거라고 설명했다. 이천하고도 오성리는 풍토가 뛰어나서 다른 곳에 비해 농약을 훨씬 적게 쓴다고도 했다. 비료? 화학비료를 쓰지 않으려면 몇 달 전에 사람이나 짐승의 똥거름을 퍼다가 충분히 발효시켜서 써야 하는데 네가 언제 그렇게 한 적이 있느냐고 물었다. 나는 말문을 돌렸다.

"난 옛날처럼 논에 들어가서 손으로 모내기를 했으면 좋겠어. 손으로 피도 뽑고 낫으로 논둑의 풀을 베고, 새참도 나눠 먹고, 노래도 부르고."

이장은 지금은 이앙기가 집집마다 보급이 되어 있어서 이앙기용 모밖에 심지 않는다고 했다. 농촌 여자들이 노는 줄 아나. 밭일, 애 건사, 살림으로 몸이 세 개가 돼도 모자란데 새참은 무슨 얼어죽을 새참.

기계가 없으면 기계 가진 사람에게 삯을 주고 빌려 써야 한단다. 논을 갈아엎는 트랙터, 모내기하는 이앙기, 수확하는 콤바인, 일상적으로 쓰는 경운기, 벼를 찧는 도정기…… 내가 그때마다 지불해야 하는 비용이며 개인주의가 마음에 들지 않는다고 하자 이장은 내게 논을 빌려주겠다던 약속을 작파해버렸다.

"농사가 어떻게 돌아가는지도 모르면서 농사를 지을라는겨? 그냥 지금처럼 슈퍼 가서 쌀 사다 먹어. 그것도 고달프면 식당 가서 밥 사 먹고."

볼륨을 낮춰라

우연의 일치인지는 몰라도 근래에 이사를 갈 때마다 학교 근처로 가게 되었다. 초등학교 앞이 두 번, 중학교 앞이 두 번. 아파트에서 초등학교를 내려다보면, 운동장은 어항처럼 아이들이 찼다가 비었다 하곤 했다. 어느 날 쉬는 시간에 창문을 열었다가 귀가 먹먹해졌다. 수만 마리 새떼의 지저귐과 매미의 합창을 합쳐놓은 것 같은 소리가 귀에 꽂혔다. 이윽고 그 소리가 휴식 시간을 알리는 신호 소리와 함께 일정한 때에 나고 그친다는 것을 알게 되었다. 무슨 말인지 알아들을 수는 없었지만, 전위음악으로 쓰고 싶은 충동이 생길 만큼 생기生氣의 극치였다.

노자老子 가라사대 "덕을 두텁게 간직함은 갓난아기에 견줄 수 있다…… 뼈는 약하고 근육은 여린데도 움켜쥠이 억세고, 종일토록 우는데도 목이 쉬지 않음은 조화의 지극함이다" 하였다는데 혹시 노자도 나처럼 학교 근처로 자주 이사를 다녔던가.

중학교 근처로 이사를 갔을 때 새떼 소리는 사라졌다. 그 대신 운동장에서 환호하는 소리나 응원의 함성, 교사가 확성기로 외치는 소리는 자주 들렸다. 무슨 뜻인지 알 수 있는 소리였다. 그래도 생기는 많이 남아 있어서 매일 공짜로 기운 센 약수를 얻어 마시는 기분이었다.

언제부터인가 텔레비전 드라마를 보면서 중학교 근처에 사는 기분을 다시 느끼게 됐다. 배역에 따라 다소 다르기는 하지만 대부분의 연기자들이 거의 고함치다시피 대사를 외는 것이었다. 청초한 여주인공이 첫사랑을 느끼는 상대에게 "나 사랑해?" 하고 핏대를 세워 윽박지르고 노년의 시아버지가 며느리에게 시장의 노점상처럼 소리를 친다. 표정 역시 극단적이고 몸짓도 과격하다. 텔레비전 드라마 안에서는 애 어른의 구별도 없고 모조리 중학생인 것처럼 느꼈다면 과장일까. 심지어 사극조차 연신 효과음을 넣어가며 "전하! 전하!"를 외쳐대고 왕은 걸핏하면 아이처럼 소리를 지르며 울어댄다. 혹형과 비명, 전란의 횃불이 수를 놓는다.

이른바 주말을 장식하는 일회성의 쇼와 가요 프로그램에서 한층 더 목소리의 톤은 높아지고 몸짓과 색깔은 현란해진다. 사회자 자신이 아이처럼 "보여주세요!" 하고 소리를 지르고 이어 등장한 리포터는 신대륙이라도 발견한 선원처럼 거센 억양으로 고함을 쳐댄다. 물론 그 내용은 그에 걸맞게 초등학생들도 충분히 이해할 만한 자극적이고 원초적인 것들이다.

흑백텔레비전에 나오던 드라마는 어땠는지. 어쨌든 지금보다는 조용했던 것 같다. 가수들은 어땠던가. 공감하자는 수준이지 들으라, 보라, 후회하지 마라 하고 강요하는 건 아니었다.

살아남으려면 재미있어야 하고 뭘 하는 것처럼 보여야 하고 눈에 띄어야 한다는 논리를 모르는 건 아니다. 시끄러우면 볼륨을 낮추면 되고 아예 싫으면 안 보면 그만이다.

노자 이어서 가라사대 "조화를 아는 것을 항상됨이라 하고, 항상됨을 아는 것을 밝음이라 한다…… 사물이 지나치게 장성하면 노쇠하니, 이를 일러 도에 어긋난다고 하는데, 도에 어긋나면 일찍 끝나게 된다."

나는 학교 때문에 시끄러워서 못 살겠으니 이사를 가야겠다고 생각한 적은 한번도 없다.

나는 이렇게 들었다

작년 겨울 나는 이렇게 들었다. "한국 영화는 한국의 척도이고 한국의 축소판이며 한국 그 자체다."

이 말을 내게 한 사람은 1980년대 말에 미국으로 건너가 살다가 최근 귀국한 사십대 초반의 남자다. 미국 영주권을 가지고 있는 그는 미국에서 오히려 한국에 대해 더 깊이 생각하고 더 관심 있게 바라보게 되었고 당연히 한국에서 살아온 나보다 훨씬 더 한국을 잘 알고 있었다.

그에게 '한국'은 한마디로 "얇고 가늘고 좁다." 특히 문화에서의 '한국'은 "투명할 정도로 두께가 얇아서 밖에서 속이 훤히 들여다보일 정도이고 저변은 좁아터졌으며 신경줄은 가늘기 그지없어 외부의 충격에 약하고 누가 한마디만 해도 흔들리기 쉬운 구조"이다.

근래에 문화 분야에서 특히 한국 영화가 번영을 구가하는 것처럼 보이면서 그의 관심도 자연히 영화로 모아졌던 것 같다. 그의 관점으로 한국 영화의 속을 들여다보면 우선 감독, 시나리오 작가, 스태프, 배우의 층이 아주 얇다. 따라서 각 분야에서 독과점이 일어나기 쉽고 그 사람이 그 사람인 영화가 된다. 주관객의 연령층 또한 십대 후반에서 삼십대 초반으로 아주 좁다. 이렇게 되면 영화를 꾸준히 보아줄 만한 경제적, 시간적, 문화적인 여유가 있는 중장년 계층의 다양한, 때로 깊이 있는 요구에 대응하는 영화를 만들기보다는 시시로 입맛이 바뀌고 유행에 민감한 관객에 영합하는 영화가 많이 나오게 마련이다. 필연코 제대로 된 영화가 나올 기회가 줄어든다.

제대로 된 영화라, 이건 또 무엇인가. 대안적 의미에서의 독립영화, 또는 예술영화? 상업영화라도 제대로 만들고 제대로 평가받고 제대로 관객이 드는 영화라면 제대로 된 영화다. "작년에 우리 영화가 해외의 무슨무슨 영화제에서 감독상, 작품상, 기타 등등을 받아와서 수십 년래 쌓인 한을 풀었다고 하지 않았던가. 그 정도면 제대로 된 영화라고 자타가 공인한 게 아니겠느냐." 내가 무심히 말하자 그는 나를 딱한 듯 바라보았다.

"오로지 상을 타기 위해서(외국인들의 입맛에 맞는 소위 한국적 색채와 풍경을 강조하고 신비로우며 동양적인 대사를 구사하여) 만든 영화가 어떻게 제대로 된 영화겠느냐"고 그는 대꾸했다. 하긴 그중 어떤 영화의 시나리오 작가는 나도 알 만한 사람으로 텔레비전에서 무슨 강사로 한창 주가를 올리고 있더니 언제부터인지는 몰라도 벌써 세번째인가 네번째인가의 영화 '작품'을 '하고' 있었다. 그는 그 '작가'의 이름을 듣자마자 한국에서나 통할 아마추어가 영화를 '해준다'

는 시혜적인 독선, 자의식 과잉에 사로잡혀 속류 예술 지상주의의 '단 말마적'인 행태를 보여주고 있다고 단정지었다. 운 없게 그 영화를 나도 보았던 고로 "그 사람은 옛적에 로마의 병정이 그랬듯 자신이 하는 일이 뭔지 모르고 있다. 그런 아마추어가 우리 사회에 몇 명쯤은 있어도 괜찮지 않겠느냐"고 변명해주어야 했다. 나 자신이 그 영화를 보면서 얼마나 역겨웠는지에 대해서는 입도 벙끗 못하고.

그에 따르면 한국 영화에서 일정 수의 관객을 끌고 올 수 있는 흥행 배우는 남녀 각각 대여섯 명 정도라고 한다. 이들 배우를 잡기 위해서는 배우가 소속된 기획사나 배우의 매니저를 만나야 하는데 그게 식당에서 옆자리에 앉듯 쉽지가 않다. 매니저를 만났다고 쳐도 그 매니저가 일단 '책(시나리오)'을 배우에게 전달하게 하는 게 또 힘들다. 그러므로 대부분 매니저의 손에서 판단이 끝난다고 보면 된다. 극단적으로 말하면 매니저들의 관심은 그 '책'에 '우리 동생(형님)'이 얼마나 자주, 멋있게, 인상적으로 나오느냐에만 있을 뿐이지 작품성이니 완성도니 하는 말은 '개나발'이다. 그나마 워낙 많은 '책'이 들어오다보니 읽고 파악하는 것 자체가 피곤하므로 누가 옆에서 꼭꼭 씹어서 입에 넣어줘야 한다(그는 자신이 그런 역할을 할 수 있다고 했다).

하여튼 무슨 수를 써서라도 '돈이 되는' 배우를 끌어오면 모든 게 수월해진다. 그 배우에 어울리는, 배우가 좋아하는 조연급 배우는 패키지로 묶여서 오니 더이상 캐스팅에 신경쓸 것도 없다, 고맙게도. 물론 그들의 개런티도 밀고 당길 것 없고 연기하는 대로 시원하게 찍기만 하면 된다.

그리하여 한국 영화는 이렇게 진행된다. 시나리오가 나오기까지 감독은 '영화는 시나리오'라고 한다. 시나리오가 나오고 캐스팅이 시작되면 당연히 감독의 입에서는 '영화는 캐스팅이다' 하는 말이 하루에 열 번은 나온다. 인기 배우가 캐스팅이 되느냐 마느냐에 따라, 캐스팅된 주연배우의 입맛에 따라 시나리오는 얼마든지 바뀔 수 있다. 캐스팅이 마무리되면 '영화는 계약'이 된다. 계약이 끝나면 '영화는 감독이다'라는 말이 나올 수 있다. 감독의 입에서 나오는 게 아니라 제작사, 투자자, 어느 때는 주연배우나 그 매니저의 입에서 나오는 것이다. 이에 따라 감독이 바뀌는 경우도 없지 않다. 물론 감독이 바뀌는 것 자체가 영화다. 영화는 헌팅이다. 영화는 촬영이다. 영화는 조명이고 음향이다. 영화는 녹음, 편집이며 음악이고 특수효과다. 영화는 점심 도시락, 여관의 위생 상태, 날씨다. 마케팅도 영화고 기획도 영화다. 홍보를 빼고 영화를 말할 수는 없다. 결정적인 건 또 있다. 요새 영화 관계자들의 입에서 가장 자주 흘러나오는 말 가운데 하나인 '펀딩'이다. 돈, 돈 끌어모으기, 투자, 자본, 운영자금, 식대, 우리가 사는 이유, 기타 등등을 합쳐놓은 의미인 펀딩, 이게 없으면 정말 영화는 없다. 이 부분은 너무나 복잡, 현묘하고 한국은 물론 한민족의 핵심이 농축되어 있는 핵물질 같은 것이어서 여기서 언급하기에는 적절치 않은 것 같다.

"이 모든 요소를 다 갖추고 산 넘고 물 넘고 바다 건너서 정말 영화를 완성하는 일만 남겨놓았다 싶을 때, 그때 그대의 핏발 선 눈에 긴 줄이 하나 보일 것이다. 그건 그런저런 단계를 다 거쳐온 사람들이 만든 줄이다. 그 줄 맨 앞에 있는 사람도 영화가 언제 되는지 알 수 없다고 한다, 특히 제대로 된 영화라면."

그가 알고 있는 게 사실인지 아닌지는 모르겠지만 이야기를 듣는
내내 실감나고도 재미있고 또 서글펐다. 나는 그에게 지금까지 한 이
야기를 가지고 영화를 한번 만들어보라고 권했다. 제목은 '여시아문如
是我聞 시네마 꼬레', 부제는 '좋은데 왜 그래'로.

닮은 것들

사람들은 왜 개를 좋아할까. 내 친구에 따르면 개가 사람보다 단순하기 때문이라고 한다. 그러고 보니 사람들이 기르는 것들, 짐승이며 나무며 꽃은, 사람을 포함한다 해도, 그걸 기르는 사람보다는 단순하다. 따라서 신이 있고 그 신이 사람을 좋아하고 생육케 하는 것이라면, 반드시 사람보다 복잡한 생각과 시종始終과 사고 패턴과 고차의 함수를 가지고 있을 것이다.

하지만 사람이 개를 좋아하고 기르는 이유와 개가 존재하는 이유는 다르다. 개는 개 나름으로 생각하고 저보다 단순하면서 저의 일면을 반영하는 어떤 것, 가령 간식 같은 것을 좋아하고 어느 때는 저를 기르는 사람을 슬쩍 놀려먹기도 한다. 사람이 저를 기르는 신, 또는 자연, 개와 사람의 관계를 주재하는 우주의 원리를 허구로 돌리거나 놀려먹기도 하는 것처럼.

내가 아는 사람이 남쪽에서 개를 키우고 있다. 그중 두 마리는 한 배에서 난 남매로 순수한 혈통의 진돗개다. 난 지 한 달이 될까 말까 한 강아지들인데 불행히도 눈을 뜨기도 전에 어미가 농약을 먹고 죽고 말았다. 그 바람에 눈을 뜨면서 처음 접한 존재, 곧 저를 기르는 사람을 어미로 아는지 발꿈치에서 몇십 센티미터도 떨어지지 않고 졸졸 따라다닌다. 그것까지는 좋은데, 아무래도 자신을 사람으로 알고 있는 것 같다는 게 문제다. 이건 사람이 신의 영역을 넘보는 것과 별로 다르지 않다.

두 진돗개의 주인은 또다른 개도 기르고 있다. 그중 한 마리가 로마의 전설적인 폭군의 이름을 딴 '네로'인데 잉글리시포인터와 세인트 버나드의 잡종이다. 잉글리시포인터의 날렵함과 세인트버나드의 덩치에 충성스러움을 물려받은 네로는 난 지 여섯 달 정도 된 수놈으로 성질은 폭군 네로와는 달리 그지없이 온순하지만 체구는 황제처럼 늘씬하면서도 당당하다.

네로는 밖에서 놓아기르는 개다. 그 집에는 혈통을 알 수 없는 다른 개 두 마리가 더 있다. 혈통을 존중하는 주인은 날이 추우면 네로만 집안으로 들여놓는다. 그렇지만 네로가 들어올 수 있는 지점은 방과 바깥의 경계를 이루는 현관, 신발을 놓아두는 곳까지다. 현관은 마루보다 약간 낮은데 양쪽에서 순혈을 받았다 해도 어쨌든 혼혈인 네로는 높이 10센티미터쯤 되는 턱을 넘어 들어오지 못하도록 훈련받았다. 그렇지만 이따금 주인이 한눈을 팔 때면 세인트버나드의 유구한 가계에서 유래한 게 틀림없는 큼직한 발을 턱에 올려놓기도 한다. 그때마다 주인은 커다랗게 "네로야!" 하고 꾸짖은 다음, 앞발을 치는 시능을 함으로써 얼른 앞발을 제 턱 밑으로 끌어당기게 했다. 그러면 주인은 다가가서 머리를 어루만지며 칭찬을 해준다.

진돗개 강아지들은 주인의 식사 시간에 맞춰 우유를 먹고 식사시간과는 상관없이 배가 고프면 우유를 달라고 킹킹거린다. 아기로서의 당연한 권리인 양. 주인이 커피를 마실 때도 킹킹거린다. 식후에 디저트를 요구하는 것처럼. 주인은 강아지의 행동이 예측 가능하고 단순하기 때문에 모든 게 귀엽다고 말한다. 그래서 자신의 아기라도 되는 양 사람이 마시는 커피도 주고 뒤를 따라다니면서 똥오줌도 치워준다 (귀엽다는 것은 귀여워하는 존재의 호감을 얻을 수 있도록 생존에 유리한 생김새를 갖췄음을 의미한다).

그런데 우아하게 커피를 핥던 강아지들이 문간을 돌아보더니 왕, 하고 짖는다. 네로가 문턱에 발을 올려놓았던 것이다. 그것을 꾸짖는 건 주인의 몫이나 강아지들은 자신이 주인과 다름없이 방안에서 생활하므로 주인처럼 꾸짖을 권리가 있다고 여기는 것 같다. 네로가 얼떨결에 발을 내려놓자 두 강아지는 커피를 다 핥은 뒤, 방울 소리를 울리며 네로에게 쪼르르 달려간다. 주인처럼 말을 잘 들었다고 쓰다듬어주고 얼러주려는 것이다. 그런데 강아지들은 키가 네로의 몸통 높이에도 미치지 못한다. 한동안 주변을 맴돌던 강아지 가운데 수놈이 먼저 팔딱 뛰어 네로의 눈가를 할퀴며 귀여워해준다. 다른 한 마리도 축 늘어진 네로의 꼬리 쪽으로 힘겹게 올라가 머리에 이르자 작은 혀로 바쁘게 쓰다듬음으로써 최대한의 칭찬을 해준다.

어느 친구에게 들었는지는 기억하지 못하지만 그의 주장에 따르면 주인과 개는 서로 닮는다고 한다. 그러고 보니 그렇다. 내 생각에는 주인과 그 주인이 키우는 모든 동물이 서로 닮는다. 오래 함께 산 부부는 오누이처럼 닮는다. 나아가 라이벌 사이도 누백 년을 만나다 보면 서로 닮는 것을 왕왕 본다. 그는 생명이 없는 무기물까지도 주인과 닮는다고 했다. 아, 그러고 보니 그렇다. 내 경험에 글과 글감素材은 서로 닮고 독자와 작가는 서로 닮게 마련이다.

좋아하고 싫어하는 것을 초월한 성인聖人의 견해에 따르면 색色은 공空을 닮고 고苦는 낙樂을 닮고 중독은 도취와 닮는다. 내 생각에는 서로 맞닿아 있는 삶과 죽음이 서로 닮는다. 편안하게 일생을 보낸 사람은 죽음도 편안하게 맞는다. 삶이 고단하면 죽을 때도 힘들다고 하는데 맞는 말이리라.

서로 접촉하는 한, 모든 존재는 서로를 닮는다. 심지어 존재와 부존재조차.

1달러

1.

인도의 어느 곳에 우리나라에서 간 스님이 절을 짓고 있었다. 우리
나라의 절처럼 나무를 쓰지 않고 콘크리트를 쓴다. 그러다보니 공중
사다리飛階도 필요하고 모래를 져 나르는 인부도, 철근을 붙들어 매는
사람도, 칠을 하는 사람도 있다.

그런데 공사판에 있는 이 사람들, 모두 맨손이다. 맨발이고 윗도리
를 입은 사람도 별로 없다. 그들은 폭양이 내리쬐는 비계 위를 모래
지게를 지고 위태하게 오르내린다. 공중에 매달려 망치질을 한다. 그
렇지만 다들 웃는 낯이다.

리포터가 묻는다. 나이들고 얼굴에 주름이 진, 선량한 표정의 스님
에게 묻는다.

"아유, 저분들! 전부 맨손이시네요. 손을 다치시지 않을까요? 왜

장갑을 안 끼고 일하시죠?"

카메라가 막 지나가는 인부의 손을 비춘다. 그의 손은 갈라져 피가 배어나오고 있고 그 옆의 인부도 다를 바가 없다. 손발은 피투성이고 상처투성이지만 그들은 웃고 있다. 카메라를 향해, 서로를 향해 웃는다. 언제나 웃는다. 스님을 향해서도 웃고 리포터를 향해서도 웃고 하늘을 향해서도 웃고 있다. 스님이 웃으며 대답한다.

"처음에는 장갑을 나눠줬어요. 그런데 여기는 장갑이 생산되지 않아서 비싸요. 하나에 1달러씩이나 해요. 하루 품삯하고 맞먹거든요. 나눠줘도 받아서 집어넣고 쓰지를 않아요. 한국에서 가져온 것도 한계가 있다보니 더 나눠줄 수도 없게 됐지요."

카메라는 천천히 스님을 돌아 공사 현장에서 백여 미터쯤 떨어진 곳의 군중을 향한다. 이백여 명은 됨직한 군중들 중에 장갑을 낀 사람은 없다. 이 더운 날씨에 누가 장갑을 끼겠는가. 가만, 저 웃고 있는 군중은 뭘 기다리는 것인가. 어쩌면 그들은 스무 명도 안 되는 공사 현장의 인부들 중에 누군가 사고가 나서 자신들이 그 일을 대신할 수 있게 되기를 기다리는 건 아닌지.

그들은 웃고 있다. 위태로운 공사장에서 땀을 흘리며, 뙤약볕에서 일자리를 얻은 운좋은 동족을 부러워하며 끝없이 웃고 있다.

2.

소말리아에서 1달러는 온 가족의 하루 끼니에 해당한다. 1달러는 하루치의 목숨이다.

휴대전화 회사에 다니는 기사 H, 그전에는 한 달에 100달러를 월급으로 받았다. 안정된 직장의 고소득자로 식구와 친척까지 먹여 살렸지만 요즘은 월급이 나오지 않는다. 이웃에게서 얻어먹는 것도 하루이틀이고 며칠 뒤부터 하루 1달러가 없으면 전부 굶어죽을지도 모른다.

소말리아에서 전화는 국내 통화는 무료이지만 휴대전화끼리의 통화는 돈을 받는다. 소말리아에 휴대전화 시스템을 수출한 나라는 미국이다. 미국은 아프리카에 휴대전화 시스템을 수출할 교두보로 소말리아를 선택했다. 그런데 근래에 와서 자신들이 설치해준 휴대전화 시설이 테러 조직에 의해 이용되고 있다면서 일방적으로 시스템을 폐쇄했다.

전화를 쓰지도 않는데 전화 요금을 낼 사람은 없다. 그전에 쓴 전화 요금을 내고 싶어도 돈이 없다. 전화 요금은 달러로 내는데 소말리아에는 달러가 귀하다. 소말리아에서 해외로 나간 사람들이 돈을 벌어서 소말리아로 송금하는 은행 계좌를, 미국에서 그 은행이 테러에 돈을 대주고 있다는 혐의를 걸어 폐쇄해버렸다. 환율은 하룻밤 새 두 배세 배로 뛰어 사람들은 소말리아 돈으로는 거래를 하지 않으려 한다. 어제의 두 배로 밀가루를 팔아봐야 돌아서면 밑져서 네 배로 사야 한다. 달러만이 변치 않는다.

소말리아의 아이들은 총소리를 들으며 태어나 사람이 총 앞에서 쓰러지고 쫓겨다니는 걸 보면서 밥을 먹고 잠을 잔다. 청년들의 취업률은 국민소득에 비하면 이상하리만치 높은데 그들 대부분은 총을 쏘는 직업에 종사한다. 나라를 지키는 군인이 아닌 군벌의 민병대가 되고 달러를 가진 사람들을 보호하는 사설 경호대가 된다. 총을 든 사람들은 쉽게 죽는다. 그들이 죽으면 동생들이 뒤를 잇고 동생마저 죽으면 그들에게 딸린 식구들이 모두 굶어서 죽을 것이다.

굶어죽는 사람들이 교통사고를 당하거나 폭탄이 터져서 죽는 사람들보다 천천히 죽는다고 해서 그들의 죽음이 나은 것은 아니다. 누군가에게 책임이 없는 것은 아니다. 그 좋은 기술과 정보와 헤아릴 수 없는 돈으로도 테러를 지원했다는 명백한 증거를 내놓지 못하는 나라, 그러면서도 시시각각 인간 한 사람 한 사람의 목줄을 죄고 있는 나라를, 그들이 하기 좋아하는 말로 무슨 축이라고 부를까.

수도 모가디슈의 시장에서 누군가 말했다.

"어서 미군이 쳐들어오면 좋겠네. 달러를, 달러를 가지고 들어올 거니까."

4부

내
가

만
난

사
람

어른의 눈
─이문구 선생을 추모하며

지금 내 책상 위에는 『관촌수필』(나남출판, 1999)이 놓여 있다. '이문구 문학선'이라는 말이 표지 중간에 있으니 내가 알고 있던 원래의 『관촌수필』은 아니다. 내게 '원래의 『관촌수필』'은 뭐였나. 1985년이 었다. 아침부터 겨울비가 오고 있었다. 나는 아는 사람을 문병하러 병원에 갔다가 역시 같은 사람을 문병 온 후배를 만났다. 그 후배의 손에 들려 있던 책이 '원래의 『관촌수필』'이다. 후배는 그 책을 병원에 있던 사람에게 주려고 가져왔다 깜박 잊어버리고 그냥 들고 나왔다고 했다. 병원에서 함께 나온 우리는 비 오는 교정을 뛰어서 후배가 다니는 공과대학 건물로 들어갔다. 자동판매기에서 뽑은 커피를 마시고 난 뒤 우리는 헤어지게 될 것이었다. 그때 후배가 손에 말아 쥔 책을 두고 "인문학을 하는 형이야 알고 있겠지만 이문구라는 사람, 정말 대단하다"고 하는 것이었다. 궁금한 게 많고 또 쓸데없는 승벽이 있던 시절이니 나는 뭐가 대단한지 물었을 것이고 그가 대답했겠고 나는 그에 대해 또 뭐라고 했을 것이지만 하나 기억나지 않는다. 그저 대단하다고 했을 때의 그 감탄스러운 어조, 경외감은 남아 있다. 하여튼 그로부터 내게 이문구란 사람은 그냥 소설가가 아니라 '대단한 소설을 쓴(쓰는) 이문구'였다.

그 무렵 이문구란 이름은 워낙 신분지상에서 자주 보게 되던 터라 내가 아무리 그때 소설에 아무런 관심이 없었다고 해도 그 '대단함'을 계속 떠올릴 수밖에 없었다. 그때 선생이 자신의 이름을 두고 "대관절 내 이름이 어느새 왜 이렇게 낡아버렸더란 말인가. 도대체 내 이름은 왜 이렇게 문화면에 오르내리지 못하고 툭하면 사회면 귀퉁이의 1단 기사에서나 구색용으로 모개흥정이 되고 있단 말인가"고 자탄할 정도였으니 당연한 일이었다.

어쩌다가 잠시 출판계 쪽에 발끝을 디뎠을 때 조금 더 '대단한 이문구'의 명성을 실감하게 되었다. 그 무렵에는 출판의 시스템이 활판에서 사진식자로 넘어가는 중이었다. 이른바 전산사식(컴퓨터 사진식자)에서는 대부분의 글자를 미리 글꼴을 만들어 입력해놓았고 자주 쓰지 않는 글자는 편집부 직원 손으로 만들어 끼워넣는 게 보통이었다. 활판에서 문선공이 하던 일을 편집부 직원들이 하는 형국이었는데 그게 직원들의 유능과 무능을 판단하는 기준이 되었을 수도 있다. 가령 '섬찟하다'의 '찟' 같은 글자가 있다. 먼저 '찌'를 출력하고 '깃'을 출력해서 조각도처럼 생긴 '사식칼'로 '찌'의 아래를 조금 자른 뒤 '깃'의 'ㅅ'을 오려내어 조합한다. 이렇게 각각을 출력해서 조립하므로 '쪽자'라고 불렀던 것 같다. 그렇게 한 뒤에도 글자꼴이 어색한 경우가 많았다. 원래 그런 섬세한 일에는 손방인 나로서는 쪽자만 나오면 선배들에게 혼날 생각에 신음부터 나왔다. 그러므로 사정을 좀 아는 필자들은 '섬찟하다'를 써야 할 경우에 '섬뜩하다'로 고쳐 써서 편집부 직원들을 배려해주기도 했다. 그런데 선생은, '대단한 이문구 선생'은 '쪽자계'에서 타의 추종을 불허하는 기록을 가진, 그야말로 '거성'이었다. 선생도 여러 출판사에 계신 적이 있고 1989년까지 실천문학사의 대표를 지내셨으니 이런저런 사정을 모르실 리 없건마는, 알고도 고칠 수가 없는 게 선생의 소설이었다. 이를테면 '없다'의 '없'이 따옴표 안으로만 들어가면 영낙없이 '옰'이 된다. '옰이' '옰잖여' '옰어진 중'의 '옰'을 어떻게 만들었을까. 먼저 정상 글자를 약간 평평하게 해서 '우'를 출력하고 '우'의 뿌리를 삼분지 일만 남기고 자른다. '없'을 출력하여 '어'를 잘라버리고 받침만 남겨 '우'의 밑에 가져다 붙인다. 이런 작업을 할 때는 '쪽'들이 날아갈까봐 아무리 더워도 선풍기를 꺼야 되는 건 물론이고 갑자기 누가 점심 먹으러 가자고 어깨를 툭툭 치지 못하게 문을 닫아건다. 그렇게 해도 손으로 만들어 붙인 건 조금 굵든가 가늘든가 비뚤어졌든가 하여 표시가 나게 마련이었다. 마치 폭탄을 맞은 자리처럼 시커멓게 눈에 띄는, 아는 사람끼리는 아는 그런 글자들이 선생의 소설에는 부지기수로 등장했다. 가령 '경찰서警察署', '이림名', '싀원書院', '수뵉守僕'이 그런 예이고 "반핑생을 밍당, 밍당 하셨는디, 터알머리에 그런 자리가 있는 줄도 모르고 또박 십여 년이나 산을 찾어댕기셨으니 여북하시겠네", "뷕에 제우 지랑밲이 옰으니 뱁이구 수제비구 건건이가 있어야 넘어가지유" 같은 대사에는 폭발이 연속된다. 운이 좋았는지 나빴는지, 아니 내가 그 세계에 아주 잠깐만 있어서 그랬겠지만, 나는 선생의 글을 편집할 기회가 없었고 남들이 고생한 흔적을 보면서 이따금 혀를 찼을 뿐이다. 선생이 너무하신다 해서 혀를 찬 게 아니고, 그 남들 앞에서는 혀를 차는 게 예의인 것 같아서였다.

이윽고 90년대 초의 어느 날, 나는 처음으로 선생의 책을 서점에서 샀다. 한 손에 서류가방을, 한 손에 선생의 소설을 들고 을지로 지하도를 걸으며 읽었다. 그것이 문이당에서 나온 『매월당 김시습』이었다. 그때까지 나온 선생의 책 가운데서 가장 많이 팔린 책이라는 이 책을 나 역시 허다한 독자의 한 사람으로서 읽게 되었으니, 누가 관심을 가져줄 일은 아니지만 그때 나는 시를 쓰고 있었고 시에 비해 상대적으로 느슨해 보이는 소설이라는 장르에 대해 일반 소설 독자보다 엄격한 기준을 적용하고 있다보니(그 기준이라는 게 어차피 통속이 아닐 바에야 통속 그 자체를 거부하고 함께 불구덩이로 뛰어들어가는 정신이 있느냐 없느냐 같은 유치한 것이었으나), 정작 문학으로 선생을 뵙기는 이렇게 늦었다. 그뒤로는 띄엄띄엄 눈에 들어오는 대로 선생의 이름자만 들어 있으면 읽기 시작해서 기억에 남은 것을 들어보라면 『俞子小傳』, 『장한몽』, 『우리동네』, 『내 몸은 너무 오래 서 있거나 걸어왔다』 등이다.

그러던 중에 비로소 선생을 제대로 대면하게 된 것은 2001년 겨울이었다. 물론 그전에 술자리에서나 지나가는 자리에서 인사를 드리지 않은 것은 아니었어도 선생의 눈이 미치는 범위 안에서 오래 머물지는 않았을 것이다. 당시 민족문학작가회의 상임이사였던 김정환 형의 주선으로 작가회의 대표단의 일원으로서 베트남에 함께 가게 되었는데 선생이 이사장이었던 고로 5박 6일인가의 기간 동안 선생의 눈을 벗어날 수 없게 된 것이었다. 베트남의 수도 하노이로 가는 비행기에서 나는 산 지 얼마 안 되는 노트북을 켜고 프리셀 게임을 했다. 내 옆은 통로였고 통로 건너편의 김정환 형은 자기 손 한 뼘은 되는 두께의 무슨 책을 펴놓고 자다 깨다 하고 있었다. 선생은 이따금 노트북과 통로를 넘겨다보시면서 도대체 우리가 무슨 일을 그렇게 비행기 안에서까지 하는지 궁금해하시는 것 같았다. 하노이에 도착해서도 나는 자주 선생의 눈길을 느꼈다. 막상 마주보면 선생은 다른 일에 열심이거나 다른 걸 보고 있거나 이사장으로서 하지 않으면 안 될 일을 하고 있는데도 나는 그 눈길을 느꼈다. 그 눈길은 글쟁이들끼리 익히 알고 있는 관찰자의 눈이 아니었다. 관찰자는 수평의 관계다. 그렇다면 수직의 관계는 감독의 눈일 것이다. 선생의 눈은 감독의 눈도 아니었다. 감시의 눈은 물론 아니었다. 그 눈은 어른의 눈이라고 말할 수 있다. 여기서 어른은 성인成人의 어른이 아니라 어르신丈과 같은 어른長을 말한다. 마침 선생의 직함도 어른理事長이었다. 나는 이제까지 '장'이라는 말을 직함에 넣어 가지고 있는 사람은 수다히 만났어도 이 '어른의 눈'을 많이 만나지는 못했다.

어른의 눈은 별처럼 불편부당하다. 법률 아닌 법이다. 어른의 눈앞에서 아이들은 저절로 몸가짐을 바로하게 된다. 또 어른의 눈은 '아이로 돌아간 어른'들끼리의 장난 섞인 분쟁에 심판을 하기도 했는데 그 심판 방법이라는 게 그저 양쪽의 이야기를 가만히 들어주되 당사자들이 있기를 원할 때까지 앉아 있는 것이었다. 때로 선생은 공식적인 자리에서 일행을 대표하는 어른으로서 연설을 하기도 했고 환영사에 답사를 하는 경우도 있었다. 그때 모자를 벗고 말씀하실 때의 그 눈 역시 어른의 눈이었다. 그 눈은 내게 중도中道, 대범함, 배려로 느껴졌다. 그 눈앞에 있으면 걱정할 일이 없을 듯했다. 지켜야 할 게 있지만 편안했다. 베트남에서 돌아온 뒤에 나는 선생이 급병으로 입원을 하셨다는 이야기를 들었다. 병문안을 가고 싶어도 계제가 안 되는 것 같아 머뭇거리다 김정환 형으로부터 수술을 하셨는데 아직 면회는 어렵다는 말을 전해듣고 그만두었다. 퇴원하신 뒤 댁에 한번 찾아뵈어야겠다는 생각을 했지만 숫기가 없어 누구와 같이 갈까 궁리하던 중에 그도 저도 되지 않고 숙맥처럼 시기를 흘려보냈다. 한편으로는 차도가 있다는 이야기며 누구를 만나서 어떤 말씀을 하셨다는 이야기 정도는 여전히 전해듣고 있었다. 무슨 신인상 심사를 할 때 본심을 하셨다는 말을 전해들었다. 그것도 세심하게 당사자에게 전화를 걸어 확인하고 격려를 해주기까지 했다는 것이었다.

작년 초인가 선생이 느닷없이 전화를 해오셨다. 당신이 적을 두신 대학교에 초청 강연이 있다, 당신이 가르치는 학생들에게 와서 강연을 해달라는 말씀이셨다. 그것도 깍듯한 존대어로 부탁을 하셨다. 나는 황망하게 그러겠노라고 말씀드렸고 이번에는 학교에 가서라도 뵙게 될까 생각했다. 그런데 막상 학교에 가니 선생은 연구실에 안 계셔서 강연만 하고 돌아왔다.

그뒤로 시상식장이며 행사장 같은 데서 선생을 가끔 뵈었다. 인사를 드리면 언제나 그렇듯 어른의 눈으로 나를 내려다보면서 조금 미소를 짓기도 하셨던 것 같다.

올해 들어 선생의 몸이 다시 안 좋아져서 입원을 하실 것이라는 말을 들었다. 마침 내가 네댓새 정도의 일정으로 외국을 다녀왔는데 그 사이 선생의 병세가 급격히 악화된 듯 여러 이야기가 들려왔다. 귀국하고 이틀 뒤 김정환 형을 만났다. 그는 선생의 병세가 아주 위중하다고 말했고 선생을 뵈었으면 좋았을 터인데, 지금은 의식이 없으실 것이라고 했다. 병상을 지키고 있는 이흔복에게 전화를 걸었더니 그의 말도 비슷했다. 나는 어째야 하는지도 모르고 그저 술잔만 비웠다. 10시가 좀 지나 그래도 얼굴이나 뵐까 싶어서 다시 이흔복에게 전화를 했다. 이흔복은 선생께서 이미 운명하셨다고 했다. 12시 직후에 서울대 병원 영안실로 출발한다고도 했다.

시간에 맞춰 서울대 병원 영안실로 갔다. 이미 선생의 유체와 유족, 병상을 지키던 이들이 도착해 있었다. 비어 있는 빈소가 없어서 내일 아침에나 정식으로 절차가 진행될 수 있을 것이라고 했다. 사람들이 분망한 얼굴로 모여들었고 머리를 맞대고 있다가 두서넛씩 다시 오마며 나갔다. 누군가 내게 같이 가서 술이나 마시면서 기다리자고 했다. 나는 고개를 흔들었다. 문득 혼자가 되었는데 갑자기 눈물이 흘러내렸다. 자연스럽고 무심하고 아주 약간 관심을 가지고 있는 듯한 그 눈, 그 어른의 눈이 떠오를수록 눈물은 쏟아졌다. 통로에 있다가 사람들 눈에 띌까 싶어 나는, 구석자리로 가서 혼자 울었다.

눈속의 짐승 발자취를 좇아서
—성원근 유고 시집 『오, 희디흰 눈속 같은 세상』에 부쳐

밤에

눈물이 많았던 누군가

목선을 타고

바다로 간 것일까?

풀잎마다 가득

바람을 먹고 있는

돛자락들.

—「이슬」

　그를 만난 것은 언제였던가. 내가 스무 살이고 그가 스물두 살이던 때의 봄? 남들은 강의실을 옮겨다니느라 부산한 캠퍼스, 대강당 앞 햇볕 바른 곳에서 그는 야구공을 던지고 받고 또 던지고 받고 있었다.

미국인을 연상시키는 긴 신체를 이용해 볼만한 동작으로 던지는 그 공은 방망이로 두들기지 못하도록 빠른 속도를 가졌다거나 회전이 어떻다든가 하는 차원의 공은 아닌 것 같았다. 그는 동작 그 자체에 몰두한 부드러운 자세로 미풍 속으로 공을 하나하나 던져 보내고 있었다. 하늘을 보고 고개를 끄덕인 뒤 허리를 굽혀 힘을 축적한 다음 탄력 있게 팔과 어깨를 펴면서 비로소 몸의 방향이 공 받을 상대를 향했다. 날아가는 것이 공이 아니라 자신이기라도 한 것처럼, 신중하고 공든 동작으로, 그러나 익숙하게.

누가 그에게 나를 인사시켰는지는 기억나지 않는다(인사성 밝은 기형도였던가?). 어쨌든 내가 인사를 하자 그는 다짜고짜 반말로 "누구라꼬?" 하면서 일부러 힘을 준 듯 거친 손으로 내 손을 잡더니 얼굴을 와락 들이댄 다음에 내 눈을 들여다보는 것이었다. 땀냄새가 진하게 나고 얼굴이 붉으며 수염이 듬성듬성 솟아 있는 그의 모습과 부산 어시장 바닥 냄새가 푹푹 묻어나는 사투리가, 선배라고는 하나 초면에는 무례하다고 할 수밖에 없는 그의 여러 짓거리를 이해하라고 충고하는 듯하여 나 또한 그의 눈을 들여다보아주었다. 내 눈을 들여다보는 눈을 들여다보는 게 내 취미였으니까. 이렇게 눈 한번 깜빡하지 않고 이삼십 초를 서로 들여다본 이후로 수삼 년, 그가 앞서고 내가 뒤서 군대를 가기까지 하루가 멀다 하고 만나 서로의 눈을 들여다보게 되었다.

그는 근본적으로 우주에 편재하면서 또 막상 약에 쓰려면 찾아보기 힘든 기(氣, 또는 靈, 또는 大靈, 에너지, 또 엔트로피의 관장자, 보살, 無, 空, 虛, 太極 따위로 불리면서 실제로 관할구역이 제멋대로인 어떤 힘)을 향해 잎과 가지를 펴고 서 있는 무실수無實樹 같은 사내였다. 기(또는 기타 등등)란 알다시피, 색도 없고 소리도 없고 내음도 없으며 맛도 없고 감촉도 없으나 이따금 법法으로 이승에 존재하는 것이다. 내가 시를 쓰려고 한다는 말을 들은 그는 법이나 다름없는 좋은 시는 공空과 마찬가지로 가벼운 것인데 마치 수증기가 끓어오르는 물에서 날아오르는 것처럼, 좋은 시를 쓰려면 그 때를 기다려야 한다고 충고했다. 또한 인간의 에너지는 희노애락공애증송喜怒哀樂恐愛憎悚의 형태로 발현하는데 인간은 솥이 아니므로 연탄이나 가스, 장작으로 연료를 충당할 수 없다. 그와 유사한 것이 술과 노래, 눈 들여다보기, 주먹과 육체 사이의 긴장인 바, 그를 통하여 에너지를 얻고 허를 향해 나아가며 궁극적으로 태극 그 자체가 되도록 한다.

꿔―우 꿔―우
이렇게 바람 자고 조용한 날
거위는 슬프다.
느티나무 그늘 깊은 데서
깃털을 단장하고
꿔―우 꿔―우
곱게 잎 지는 곳으로
깃털 하나 뽑아낸다.

—「거위」

그가 술을 마신 것은 술이 그를 좋은 친구로 여겼기 때문이었다. 술이란 필경 에너지이며 에너지는 저 혼자서 연소하는 것을 싫어한다. 그렇다면 그때 술이라는 녀석은 스물쯤 먹은 우리에게 무엇을 주었는가, 무엇을? "곱게 잎 지는 곳으로 깃털 하나 뽑아" 내주었나? 곱기커녕, 잎 지는 곳커녕, 깃털커녕 방약무인, 호호탕탕, 제 마음에 안 드는 이에게 마구 휘두르는 주먹질, 거듭 아픈 곳을 골라 찌르는 혹독한 평설, 돌발적이며 도발적인 취언, 유주무량의 술주머니, 기타 등등을 주었을 따름. 그는 술과 친구 하던 이십대 초반 내내 무적의 쾌걸처럼, 저 혼자 바쁘고 저 혼자 할일 많은 거위 대왕처럼 "꿔—우 꿔—우" 소리치며 신촌의 밤과 낮을 순행했다.

이를테면 우리는 1979년 여름에 학림이라는 찻집에서 R. 스트라우스의 〈차라투스트라는 이렇게 말했다〉를 틀어놓고 사철 쓸데없이 자리만 차지하는 커다란 난로 앞에서 심산心汕과 고우영과 만델슈탐(러시아의 시인), 말러, 바르토크, 와룡생臥龍生에 대해 닥치는 대로 품평하다가 누구에게 돈이 좀 있다는 그중 실속 있는 결론이 나면 그 아래 골목에 있는 선술집으로 직행해서 대접으로 막걸리를 마시며 에너지를 취했던 것이다. 신촌까지 비를 맞으며 걸어갈 때 그는 떨어지는 나뭇잎을 차 올리든가 내 어깨를 짚고 뛰어넘는 동작을 여러 번 하면서 에너지를 추스렸던 것이다. 에너지가 충만하여 자칫 우화羽化, 기화氣化해버릴지도 모르니 서로 조심하자면서 살았던 것이다.

대체로 청년은 사춘기를 거치면서 자신의 육체에 대해 약간씩은 부끄러움이나 열등감을 가지게 되는데 짧은 곱슬머리에 부숭거리는 수염을 거느린데다 늘 불그스레한 안색, 후리후리한 신체를 가진 이 청년은 스스로의 생김새, 육체적인 능력에 대해 지나치다 싶을 정도의 자부심과 자신감을 가지고 있었다. 거기다 언제 어디서나 똑같은 음량, 기세, 표정으로 짖어대는 그의 노래, 그 〈박연폭포〉만 나오면 어떤 술집 주인은 천장이 무너질까 싶어 얼굴이 노래졌고 어떤 주객은 술잔을 들고 합석을 하자고 끄덕끄덕 오기도 했다. 노래를 마치고 난 다음 번쩍이는 눈으로 좌중을 둘러볼 때의 그 위의(또는 귀여움)에 반한 사람이 한두 사람은 아니지만 그는 세상 사람 모두가 다 같이 자신에게 반한 줄, 혹은 반할 줄 알고 있었다. 노래뿐이랴. 자신의 달리기, 기침, 가래, 시, 하품, 안목, 야구에 대해 모두 같을 줄 알았다. 천성적으로 밝고 뜨거우며 흑백이 뚜렷한 성격—이제서 생각하면 7월 한낮 사람 키 높이로 흘러다니는 공기처럼 신선하고 가볍고 뜨거운 기질이었다.

이윽고 1982년에 그와 나는 앞서거니 뒤서거니 군대를 가게 되었고 그래서 그 좋은 시절과도 번개처럼 만나 우레처럼 헤어지게 되었다. 그리고 편지 한 장 제대로 썼는지 기억이 나지 않을 정도로 깨끗이 단절된 상태에서 세월이 지나갔다. 간간이 그가 원주 어딘가에서 늦은 신병으로서, 천부적인 고문관으로서 체제라는 고물, 시스템이라는 거물과 싸워 쓴맛을 보고 또 안겨주고 있다는 소식은 들었다. 3년 후에 다시 만났을 때 그는 조금 지쳐 보였다. 그의 몸과 마음 어딘가에 태양의 흑점처럼 어두운 곳이 생겨난 듯싶기도 했다. 그 흑점 속에는 그전에는 없던 사려, 그전보다 강력한 충동이 똬리처럼 들어 있는가 싶었다.

이런 말이 기억에 남아 있다. "당대의 시를 읽지 않고 시를 쓴다고 할 수 없다. 당대의 시가 하찮다면 당대에서 누구도 남의 시를 읽지 않고 있기 때문이다." 이어서 이런 말도 했다. "이제 시를 쓸 만할 거야." 시를 쓸 만한 주체, 그 사람이 나인지 자신인지에 대해 더 이야기하려 하지도 않고 소주만 비웠다. 어쨌든 시를 쓰려면 사람이 티 한 점 없이 착하거나 깨끗해서는 안 된다, 쓸 것이라면 불순할 필요가 있다는 말로 들렸다. 시와 같은 순도의 에너지로 배를 채우고 있다면 구태여 시 같은 건 쓸 필요가 없겠지. 나는 그때 이미 충분히 불순해져 있었으므로 그의 말대로라면 시를 쓸 만한 상태가 되어 있었는데 그는 그전보다는 못했지만 여전히, 하여간 나보다는 밝고 순수하고 뜨거웠다.

그의 주변에는 그전보다 더 심하게 사람이 들끓어서 그와 만나는 시간도 점점 줄어들었다. 그 사람들이 하는 일도 가지가지였다. 유물론자, 불자, 당구장 건달, 신학생, 국문학생, 구두닦이, 영문학자, 다방 경영자, 한학자, 주점 운영자, 번역가, 등산가, 글쟁이, 기계공학도, 출판쟁이, 기원 원장, 교사, 환경학자, 월급쟁이, 영화감독, 운동가, 에너지 관리자, 음악도, 철학도처럼 한 시대의 광망光芒과 같은 여러 사람들. 어느 분야에서든 그는 일정한 영향력을 가졌고 만나면 서로 껴안을 정도로 친해서 나는 도대체 그가 그중 한 분야에 불과한 시에 여전히 관심을 가지고 있는지조차 의심했다. 그는 도대체 그 많은 사람과 그 사람들의 연장을 빌려 무엇을 하려고 했던 것일까. 그래, 뭘 얻었나?

한 장의 땅과
한 겹의 하늘이 있으면

내 잠자리는 편안하다.

땅은 땅으로
하늘은 하늘로 곧
그만인 것을.

내 마음에 부질없이
먹구름이 끼었다
비가 내렸다
바람 불면
밑도 끝도 없이, 냇물 흐르는 소리
그리워한다.

그 물 따라 내내
흘러가
버릴 것을.

―「물 흐르듯이」

  그렇게 바쁘다보니 남들이 넉넉잡고 7년이면 졸업하는 대학을 그는 9년 만에 졸업했다. 나 같으면 그놈의 교문, 그놈의 캠퍼스, 그놈의 강의실이 아예 지긋지긋해서 쳐다보기도 싫으련만 그는 태연하게 대학원에 가겠다고 했다. 대학원에서도 남들 2~3년이면 대충 끝나는 과정을 태평으로 뛰어넘어 어머니 간병을 위해 1년 반 휴학한 것을 포함, 5년 만에 졸업했다. 그러면서 그는 영어라는 것, 문학이라는 것, 수 세기, 수천만 명의 소산을 혼자서 뿌리라도 뽑을 듯이 혼신의 힘으로 잡아 흔들고 있다는 이야기가 들렸다.

　내가 겪은 바 그에게 싸움이란 자신에게 딱 맞는 진지한 일감이다. 구걸하는 거지에게 주먹질로 적선을 했다는 보들레르의 일화를 진짜라고 믿는 나는 성원근의 싸움이야말로 그가 세상에 참여하는 방식이며 세상을 파악하는 방식이라고 생각하고 있다. 당연히 그는 자신과 싸우지 않겠다고 등 돌리는 위선자를 미워했다. 싸우다보면 알맹이가 드러나는 가짜, 엉터리는 침을 뱉고 혐오했다. 제대로 된 싸움 상대는 최대한 존중했다. 드물게 존경하기도 했다. 좋다, 싫다, 나쁘다, 잘못이다에 대해서 세상 사람 모두가 알도록 크게 떠들었다. 젊어서는 눈 감고 주먹을 휘둘렀고 나이 들어서는 스텝과 테크닉을 익혀 상대를 골라가며 싸웠다. 그가 그토록 끈질기게 상대를 바꿔가며 싸워와서 나는 그가 그렇게 한 삼사십 년 싸우다가 어느 순간 싸움꾼으로 도통할 줄 알았다. 시가 한때 그의 싸움 상대가 되긴 했지만, 그가 외곬으로 시와 끝까지 싸울 거라고는 생각할 수 없었다. 시와 싸워서 도통하려면 수백 년은 더 걸릴 것인데 인생이란 시처럼 그렇게 수명이 길지 않은 법이거니와.

　내가 알기에 그가 쓴 시는 대부분이 장시로 시가 소화하기가 쉽지 않은 논쟁적이고 서사적인 내용을 담고 있는 것이었다. 소화하려고 기를 쓰는 시의 육체와 소화되지 않으려는 '물건' 간의 싸움은 예정되어 있었던 것이었다. 가령 「거리의 모놀로그 10: 탈주범의 모놀로그」에서 사과장수가 말하는 것을 보라. "하지만/ 사과가 참 맛있군./ 사

과가 참 맛있군./ 내가 먹어도/ 사과는/ 참 언제 어디서나 맛있군." 이
와 같은 깨달음에 이르기 전에 "당신들의 목소리에는 껍질이 있어./
그 껍질 뒤에 감춘 당신들의 알몸을 뜯어먹고 싶어." 또는 "사람이,/
자기의 생계를 씹어먹는 저 순간에/ 시작과 끝, 앞과 뒤가 있을까?/
사람이 그럴 수가 있을까?"처럼 격렬한 드잡이가 벌어졌었다. 이런
싸움에서 승부의 핵심은 누가 더 정통으로 상대의 멱을 물고 늘어지
느냐 하는 것인데 "너와 함께 하려고./ 내가 곧 네가 되려고./ 너에게
로/ 너에게로 다가가는데 왜/ 자꾸만 나인 것이냐./ 가까이 갈수록 나
는 왜/ 나일 뿐인 것이냐// 홀로일 때보다/ 왜/ 더 나인 것이냐/ 싫은
무리들 틈에 섞여 있을 때보다 왜/ 더 나일 뿐이냐"(「바위와 술 1」) 같
은 자아 고착의 위기나 "의문에서 떠나지 않고/ 의문 속에 머무르기./
어둠을 빛으로써 비춰보지 말며/ 어둠으로써 어둠 속에 안식하는/ 빛
나는 한순간의 어둠."(「머무르기」)처럼 둥둥 떠다니는 관념덩어리 속
에서 방향 없이 헤엄을 치는 일이나 "주체할 수 없이 뒤엉킨,/ 잎새
와 뿌리의/ 화해할 수 없는 두 모순과 모순의/ 핏점 튀기는,/ 사랑이
라는 더 지독한 모순을 나는 보았다."(「나는 보았다」)처럼 남의 싸움
에서 한수 배우자는 것 모두 싸움을 인생의 일감과 보람, 어쩌면 인생
그 자체로 설정한 자의 특징을 드러낸다. 그는 한 판 한 판의 싸움을
온몸 온 힘 온 생애를 걸고 치러나왔다. 그 싸움으로 살지고 아름답던
영육이 쇠가죽으로 말라버렸는가, 쇠뭉치가 닳고 닳아 귀 떨어진 바
늘 하나로 남았는가 했는데, 어느 한순간에 문득 이처럼 깨끗하게 탈
태해버렸으니.

올해의 새싹에는
우윳빛 즙이 괴었을까.
모두들
나무 아래로 돌아와
마른버짐을 떨친다.

　　　　　　　　　　　　　—「겨울을 빠져나올 때」

　이것은 시작이다. 겨우 시작일 뿐이다. 그가 보았고 보여주려고 했던 것, 보이는 게 아니고 보여주려고 했던 세계의 문은 겨우 열리기 시작했다. 그 세계는 "오./ 희디흰 눈 속 같은 세상./ 더 넓게 풀어주리라. 가득./ 붙잡아두지 않고 기다리리라./ 이 가슴/ 너의 고향이 되도록/ 언제까지 넓어지리라."(「획」) 하고 마음놓고 영탄해도 될 만한 그런 세상일지도 모른다. 불타버린 밀림 검은 흙에서 이듬해 쫑긋 귀를 세우는 새싹 같은, 뻘 속에 피어나는 연꽃 같은 그것이 무엇일까 잡힐락말락했을 때 그는 "싸락눈발 속을 지나간/ 짐승의 발갛게 언 발자취만 남아도"(「눈을 기다리는 밤」) 달라지는 세상을 버리고, 그런 발자취만 남기고, 태엽이 끊어진 시계처럼 작동을 멈추었다.
　그는 내가 젊은 날 만났던 지상 최고의 악당이었던 까닭에 나는 그가 범상한 생활인으로서, 남편으로서, 아버지로서 평범하게 살아갈 수 있으리라고는 생각하지 않았다. 그러면서도 어쩌면 그것도 잘해낼 거라는 황당한 미신을 버리지는 않았는데 그는 믿을 수 없을 만큼 그 모든 역할을 잘해냈다. 투병중에도 그는 그 몸으로 주초酒草를 마다하지 않았고 아프면 아프다고 배고프면 배고프다고 아이처럼 투정을 했다. 만족하면 만족했다고 하고 보기 싫은 건 보기 싫다고 하고 아쉬우면 아쉽다고 했다. 이처럼 그는 가식을 모르고서도 자신의 당대를 책임질 줄 알았던 인간이다. 누가 직장을 그만두었다고 하자 "응, 한 삼년 놀고 나서 뭘 써보든지" 하던 세상 이치에 통명한 이인이었다. 그렇게 남들을 자신에게 흠뻑 중독시켜놓고 저는 홀로 큰 새처럼 훨훨 감람산인지 수미산인지 하여간 검은 산 너머로 가버렸는데, 아아, 그건 정말 애가 다 타고 분통이 터질 일이었다.

그는 나의 형이었다. 나는 형께서 기화하시어 본디 있던 바 우주적인 원형을 회복한 것을 슬퍼하지 않는다. 형이 없는 이승에서 아직 좀 더 번뇌에 불타야 하는 스스로가 서러워 곡하는 것이다.

경애하는 벗을 추억하며
—『김소진 전집』 발문

김소진은 내 대학 동창을 몹시 닮았다. 그 친구는 나보다 나이가 두 살 많았다. 입시에서 재수를 두 번, 그러니까 삼수라는 걸 했기 때문이다. 나는 그 친구의 이름을 부를 때 '씨'라는 말을 붙여서 불렀다. 성은 빼고 이름만. 이 '씨'에는 곧바로 이름을 부르기는 뭣한 친구에 대한 다소간의 어려움이 함축되어 있었다. 물론 나와 그 친구를 다 아는 다른 친구들은 그냥 우리 두 사람의 이름을 불렀다. 이름을 부르는 친구들에 비해 나와 그 친구의 관계가 더 허물없었다고 말할 수는 없지만 보통의 동창들과 조금 다른 경애敬愛의 정서가 있었다고 할 수 있다. 그러면서 뭔가 거리가 있었다. 그 거리는 기분 나쁘지 않은, 존중과 객관의 거리였다. 처음 보았을 때 김소진은 바로 그 친구를 빼다 박은 듯했다. 그래서인지 금방 친해질 것 같으면서도 거리가 쉽사리 좁혀지지 않았다.

이제 김소진의 글을 읽어보려니 눈앞이 흐려진다. 오늘은 날이 종일 흐리다. 불을 켜야 할 것이지만 불을 켜지 않았다. 눈을 크게 뜨고 그의 산문집 『아버지의 미소』의 뒤쪽, 글씨가 작은 연보부터 살펴본다. 1963년생이다. 나보다 세 살 적다. 내게도 세 살 적은 동생이 있다. 지금 말하기로는 세 살 '젊은' 동생이라고 해야겠다. 내가 김소진을 처음 만났을 때가 언제였는지 잘 기억나지 않는다. 1996년에는 확실히 알고 있었다. 김소진은 그때 내가 첫번째 창작집을 발간한 '강'이라는 출판사의 한켠에 자리를 잡고 '소설 노동자'로 일하고 있었다.

그전에 내가 김소진에 대해 가지고 있던 생각은 '참 무던히도 많이 쓰는 자'였다. 도처에 그의 글이 잉크 냄새를 풍기며 재재在在했다. 소설뿐만 아니라 산문도, 짧은 소설도 고개만 들면 볼 수 있었다. 그러고도 모자라 그는 같은 사무실에 있는 친구들에게 이야깃거리를 달라고 해서 원고를 메꾸어가고 있었다. 그가 신문기자 출신이어서였겠지만 나는 그에게서 피시통신으로 신문기사를 검색하는 법을 배웠다. 그는 그곳에서도 소재를 찾고 쓰고 있는 작품의 자료를 입수하고 있었다.

김소진은 1991년 1월에 경향신문 신춘문예로 등단해서 1993년 3월에 열한 편의 소설을 묶은 첫번째 창작집을 냈다. 2년 만에 열한 편이라. 등단하기 전에 써놓았던 것을 손질해서 발표했을 수도 있지만 직장에 근무하고 있었다는 것을 감안하면 일단 적지 않은 양이다. 첫 창작집을 내고는 오히려 속력이 더 붙는 것 같다. 그해에 네 편의 중단편을 발표하더니 겨울에는 아예 장편 연재에 들어간다. 그사이에 직장을 다닌 것은 물론이고 6월에 결혼을 했다. 이쯤에서 내가 그를 만난

것 같기도 하다. 그가 산다는 서울 강남구 세곡동 이야기를 들은 적이
있다.

그다음 해인 1994년에도 다섯 편의 중단편에 장편 연재가 이어진
다. 직장에서는 그나마 약간은 한가로울 법하던 교열부에서(매일 신
문을 찍어내는 일간지 교열부가 한가해봐야 얼마나 한가했겠는가마
는) 문화부로 옮겨 취재까지 겸하고 있다. 집에 돌아와서는 소설을 쓰
고 회사에서는 기사를 쓰는 게 가능하기는 하겠지만 어지간히 독하거
나 구도자 같은 태세가 아니면 힘들 것 같다.

다음해 1월에 두번째 창작집을 냈고 4월에는 장편소설을 펴냈다.
6월까지 대략 네 편의 소설을 썼고 신문사를 그만두었으며 강 출판사
에 자리를 얻어 '전업'이 되었는데 그해, 곧 1995년 말까지 의외로 단
한 편의 소설만 쓰고 있다. 근처의 직장에 다니는 부인이 운전하는 차
를 타고 출근했다가 점심을 먹고 탁구대만한 공간에서 하는 실내 배
드민턴('배탁'이라고 불렀다)을 치다가 시시로 벗들과 농담을 주고받
으면서 뭔가를 쓰는 그를 여러 번 보았다. 이 무렵에는 저녁이면 나도
함께 어울려서 인근의 술집에도 갔더랬다. 내가 갈 때면 그는 거의 백
퍼센트 갔고 내가 안 갔을 때는 잘 모르겠지만 일주일의 반은 가지 않
았을까 짐작한다.

그는 볼수록 삼수한 내 친구를 닮았다. 그 친구는 마른 체형에 먹
는 게 그다지 시원치 않았다. 삼수를 하면서 술을 너무 많이 마시다보
니 위를 버려서 그렇다는 게 그의 말이었지만 원래 좀 마른 체질인 듯
싶었다. 술 한두 잔을 마시면서 술자리의 시간을 다 보내는 내 친구와
달리 김소진은 조금 마시는 편이었다. 그와 함께 마시는 벗들은 이미

주당의 골격이 드러나고 있었다. 김소진은 주량 자체가 벗들만은 못한 듯했지만 '깡'은 더 있는 것처럼 보였다.

문제는 소설가라는 직업이 그냥 앉아서 월급 받는 게 아니라는 데 있다. 소설가는 세무서에서 자유직업으로 분류하여 소득세를 원천징수하는 족속이다. '자유'라는 말이 붙었다고 좋을 건 전혀 없다. 소득이 들쭉날쭉 제멋대로인 것만큼 자유이니까 고정급을 받는 월급쟁이가 아무리 고용주로부터 부자유하다 해도 월급날만큼은 정말 부럽다. 반쯤 죽도록 술 마시고 난 다음날이 월급날이면 더욱더. 여기다 김소진처럼 착한 인간들에게는 자유직업의 부자유한 경제적 압박이 상당히 크게 느껴졌을 것이다. 내가 보기에 1995년 하반기에 대체로 그는 원고료가 매당 만원쯤 해서 그나마 문예지의 두 배쯤 되는 원고료를 주는 짧은 소설을 쓰고 있었다. 매달 한두 편이라고 하는데 이런저런 산문까지 포함하면 그보다 훨씬 더 많았을 것이다. 그는 밥을 먹고 돌아와서 벗들과 셔틀콕과 농담을 주고받은 뒤 심각한 얼굴로 자리에 앉아 있었다. 그 심각함은 나도 좀 안다.

짧아서 쉬울 것 같고 간단해서 금방 쓸 것 같지만 마감이 닥치면 아무리 짧고 간단한 글도 파리지옥이고 끈끈이주걱이다. 급해지면 아무나 옷소매를 붙잡고 늘어지게 된다. 무릎이라도 끌어안고 매달리고 싶다. 그런다고 뭐가 나오는 것도 아니다. 자신의 바닥이 들여다보이는 것도 이때이다. 바닥에 한 방울씩 고이는 말들, 그게 12매, 15매까지 차기를 기다리다보면 머리가 다 빠지도록 시간이 걸린다. 나는 이 파리지옥이며 끈끈이주걱이 너무 몸서리가 쳐져서 청탁을 받자마자 써버렸다. 그럴 수 없을 것 같으면 아예 청탁을 받지 않았다. 아직 배가 덜 고파서라고 해도 할 수 없었다. 그런데 김소진은 나와 달랐다. 그는 일단 청탁은 받고 보았다. 내게 없는 끈기와 성실성이 그에게는 있었다고 해도 나보다 훨씬 많이 파리지옥에 빠졌다. 끈끈이주걱에 걸렸다. 내가 볼 때마다 그는 노동의 책상 앞에 앉아 조용히 날개를 퍼덕거리고 있었다.

그러므로 나는 그가 생전에 낸 짧은 소설집 『바람부는 쪽으로 가라』를 서글픔 없이 읽을 수 없다. 그의 사후에 나온 『달팽이 사랑』은 읽을 자신이 없다. 산문집 『아버지의 미소』는 더구나 읽을 수 없다. 이 글을 쓰기 위해 겨우 '참고'를 하고는 있지만 통독은 어림없다. 불급이다.

짧은 소설이며 산문을 쓰는 동안 그는 쉬지 않았다. 중편 한 편과 단편 두 편을 써서 다음해인 1996년 봄에 내놓았다. 장편 한 편도 봄호에 실렸다. 3월에 세번째 창작집 『자전거 도둑』이 나왔고 7월에는 장편소설 『양파』가, 9월에는 장편 창작동화 『열한 살의 푸른 바다』가 나왔다. 또 짧은 소설을 모은 『바람 부는 쪽으로 가라』가 나온 것도 9월이다. 중편 분재, 단편 발표가 이어지기를 아홉 편, 계간지 겨울호부터 다시 장편 연재에 돌입. 8월에 중국 여행. 10월에 '오늘의 젊은 예술가상' 수상. 이 상은 어떻게 된 게 상금이 없어서 뒤풀이에도 생돈이 들었다고 한다. 가을에 『한국문학』 편집위원이 되고 일주일에 한 번 대전으로 출강까지 하다…… 나는 그가 이 정도인 줄은 모르고 있었다. 그 무렵 교통사고를 당해 거동이 다소 불편해서 그와는 자주 만날 수 없었다.

운명의 해 1997년이 왔다. 정초였던가, 연말이었던가. 나는 김소진과 함께 기독교방송국의 라디오 프로그램에 초대받았다. 무슨 취지였는지는 모르겠다. 지나간 해에 있었던 일을 이야기했고 새해의 계획도 말했을 것이다. 내가 기억하는 것은 한 가지, 방송이 끝나고 나서 함께 택시를 타고 서강대학교 못미처 '을밀대'라는 냉면집으로 갔다는 것이다. 거기서 또 무슨 이야기가 있었는지 알 수 없다. 소설가 김원우, 김성동 선생과 문학평론가 정호웅, 정홍수 등의 주당을 만난 것 같기는 하다. 이어서 신촌에 있는 '섬'으로 갔다. 거기서 우연히 나의 대학 동창인 이영준과 선배인 한기찬을 만나서 뭉치게 되었다. 역시 무슨 이야기를 했는지는 기억하지 못한다. 그러나 한 가지 확실한 건 김소진은 어디서건 전혀 흐트러짐이 없었다는 것이다. 그는 너무 곧아서 부러지기 쉬운 대나무처럼 앉아 있었다. 참으로 견결했다.

그리고 1월 말쯤이었던가. 그와 정홍수를 만나 신촌으로 술을 마시러 갔다. 변덕이 심한 내 주장으로 무슨 포장마차 비슷한 선술집으로 1차를 갔는데 거기서 그는 자리에 잠시 앉았다가 어딘가를 다녀왔다. 그러고는 짜먹는 위장약이라든가 하는 무슨 약을 꺼내 탁자 위에 놓고 요즈음 그걸 먹는다고 했다. 술을 마시기 전에도 마시고 난 뒤에도. 나는 그게 잘 알려진 '겔포스'가 아닌 '포스겔'인지 하는 유사품임을 지적하고 함께 웃다 문득 그의 얼굴이 못 본 사이 해쓱해진 것을 깨달았다. 그는 삼수한 내 친구보다 더 말라 보였다. 그 무렵 우리 사이의 거리는 거의 없어졌다고 해도 좋을 것이다. 그는 술을 안 마시는게 좋겠다고 잔을 밀어두었다. 그때까지의 술자리 관행대로 나는 그에게 억지로 한 잔을 권했다. 그는 그것도 다 마시지 못했다. 그러면서도 두 술꾼의 장광설을 들으며 끝까지 자리를 지켰다.

'끝까지'라는 말은 얼마나 무서운 말인가. 나도 그때는 끝이 훤히 보이는 어떤 일에 몰두해 있었지만 끝을 바라보면서 그 끝까지 갈 자신은 없었다. 그 이후로는 여러 사람이 다 잘 아는 대로이다. 나보다 훨씬 더한 애愛와 성誠으로 그의 곁을 지킨 사람들이 무슨 말을 해줄 것이다, 필요하다면.

그의 부음을 들은 곳은 경상북도 영주의 복숭아밭 근처였다. 지금도 나는 그때의 난만한 복숭아꽃을 환하게 그릴 수 있다. 한동안 내 기억 속의 난만한 복숭아꽃은 언제나 그의 모습과 함께 있었다. 본디 복숭아는 귀신을 쫓는 나무라고 하여 제사를 지내는 집안에 심지 않는다고 한다. 한편으로 서왕모의 천도는 장수의 상징이다. 어지러웠다. 복숭아의 상징이 어지럽고 꽃 그림자가 사방으로 번져나가는 게 어지럽고 꽃잎이 지는 게 어지러웠다. 지금도 나는 죽령이 고개는 고개이되 아무것도 아닌 고개라고 말한다. 부음을 듣고 영주에서 죽령을 넘어 서울까지 달려오는 데 세 시간도 걸리지 않았다. 그러나 그는 이미 없었고 남은 사람과 남은 글과 남은 햇빛이 울고 있었다. 나도 울음에 덤벼들었다. 다시 벗을 잃은 부재의 고통에 몸을 내맡겼다.

김소진은 정결한 사람이다. 그의 산문은 그의 심성처럼 정결하고 허튼 군더더기가 없으며 경기도 사투리처럼 아름답다. 짧은 소설은 허욕이 없고 속임이 없다. 환한 대낮 토방 앞에 놓여 있는 항아리처럼 무뚝뚝히 명백하다.

사람은 가고 복숭아는 피었다 지고 또 글은 열매와 마른 씨앗처럼 남는다. 나도 남아 있다.

아, 슬프구나.

말 못하는 사람
ⓒ 성석제 2019

초판인쇄 2019년 11월 4일
초판발행 2019년 11월 11일

지은이 성석제
펴낸이 염현숙
책임편집 김영수 | 편집 강윤정 김봉곤
디자인 고은이 유현아 | 마케팅 정민호 박보람 나해진 최원석 우상욱
홍보 김희숙 김상만 오혜림 지문희 우상희
제작 강신은 김동욱 임현식 | 제작처 한영문화사

펴낸곳 (주)문학동네
출판등록 1993년 10월 22일 제406-2003-000045호
주소 10881 경기도 파주시 회동길 210
전자우편 editor@munhak.com | 대표전화 031) 955-8888 | 팩스 031) 955-8855
문의전화 031) 955-3576(마케팅) 031) 955-2679(편집)
문학동네카페 http://cafe.naver.com/mhdn | 트위터 @munhakdongne
북클럽문학동네 http://bookclubmunhak.com

ISBN 978-89-546-5852-2 03810
* 이 책의 판권은 지은이와 문학동네에 있습니다.
  이 책 내용의 전부 또는 일부를 재사용하려면 반드시 양측의 서면 동의를 받아야 합니다.
* 이 도서의 국립중앙도서관 출판예정도서목록(CIP)은 서지정보유통지원시스템 홈페이지
  (http://seoji.nl.go.kr)와 국가자료공동목록시스템(http://www.nl.go.kr/kolisnet)에서
  이용하실 수 있습니다.(CIP 제어번호: CIP2019042133)

www.munhak.com